Neue Heimatkunde

Zwölf Aufsätze über Architektur,
Leben und Wohnen

Neue Heimatkunde

Zwölf Aufsätze über Architektur, Leben und Wohnen

Burkhard Spinnen

DOM
publishers

Inhalt

1

Heimatkunde
oder:
Wo und was ist eigentlich Heimat?

Als ich groß wurde, in den kritischen Siebzigerjahren, war »Heimat« ein Unwort. Was mit ihm zusammen erschien, war schon gerichtet: Heimatliteratur, Heimatkunst, Heimatfilm. Die Heimatvereine galten als reaktionär, die Heimatvertriebenen als revanchistisch. Zumindest in meinen Kreisen wurde man nicht mehr gefragt, wo man seine Heimat habe; allenfalls, wo man hergekommen, besser, wem man entkommen sei. Mir scheint, das Wort »Heimat« musste für den Missbrauch büßen, der in der ersten Hälfte des 20. Jahrhunderts mit ihm getrieben wurde. Es fiel der politischen Korrektheit zum Opfer, also der Vorstellung, dass man das Böse bannen könne, indem man die Worte, die es benutzt hat, nicht mehr ausspricht.

Mittlerweile hat das Wort »Heimat« offenbar ausgebüßt. Man gebraucht es wieder, vor allem, weil man es wieder braucht, zum Beispiel, um über Arbeitsmobilität und Migration sprechen zu können. Ich darf also wieder »Heimat« sagen, und ich nehme das zum Anlass, mich zu fragen, was denn dieses fremde neue Wort eigentlich bedeutet. »Heimat« ist sicher kein Wort wie »Bett« oder »Schrank«. Es bezeichnet weniger eine Sache und mehr ein Urteil oder ein Gefühl. Aber ich will nicht spekulieren, lieber begebe ich mich auf eine Zeitreise in die Geschichte dieses vertrackten Wortes.

Erste Station (um 1750)
Meine Zeitreise beginnt im 18. Jahrhundert, in einer ländlichen Region Deutschlands. Der erste Mensch, den ich dort nach seiner Heimat frage, ist der Bauer Groethusen. Und siehe da – er hat gar keine Heimat!

Das heißt: Das Wort »Heimat« benutzt er nicht, weil er es nicht benötigt. Irgendeine Fremde, von der aus er das ihm Vertraute Heimat nennen könnte, kennt er nicht. Seit Generationen lebt seine Familie auf demselben Hof; sein Lebensraum ist für ihn eine schiere Selbstverständlichkeit.

»Heimat«, das ist damals ein Wort aus der Verwaltungssprache. Zugereiste Knechte beantragen Heimatscheine, weil die ihnen erlauben, später im Armenhaus zu leben. Ich lasse also den Bauern Groethusen rasch wieder allein, er kann mir ja nicht helfen. Für ihn ist alles Heimat, da ist das Wort ganz überflüssig.

Zweite Station (um 1850)
Nach einigen Missernten in der Mitte des 19. Jahrhunderts wandert ein Urenkel des Bauern Groethusen nach Amerika aus, ein anderer in den Osten Europas. Für beide entwickeln sich die Verhältnisse an ihren neuen Lebensorten gut, besonders für den Amerikaner. Er hat zwar den angestammten Lebensraum seiner Vorfahren verlassen müssen, aber die Erinnerung daran quält ihn nicht, denn jetzt geht es ihm wesentlich besser. Anfangs hat er sich im amerikanischen Westen ein wenig fremd gefühlt, doch alle seine Nachbarn sind ebenso Zugewanderte wie er. Wo Fremdheit der Normalfall ist, existiert sie nicht. Außerdem schützt nichts so gut vor Sentimentalität wie harte Arbeit, die guten Gewinn bringt.

Dritte Station (um 1870)
Die Lage auf dem alten Groethusenhof in Deutschland hat sich in den letzten Jahrzehnten nicht gebessert. Die jüngsten Nachkommen ziehen daher in die Stadt und werden Fabrikarbeiter. Das neue Leben ist allerdings nicht nur ebenso hart und ärmlich wie das auf dem Hof; zudem fühlen sich die Groethusens jetzt auch entwurzelt. Es fehlt ihnen der Kontakt zur Natur; Selbstverständlichkeiten wie die Nachbarschaft oder die dörflichen Bräuche sind im Stadtleben verloren gegangen. So wird »Heimat« für die städtischen Groethusens erstmals zu einem wichtigen emotionalen und zugleich negativ besetzten Begriff. Knapp gesagt: »Heimat« ist ihr Wort für einen existenziellen Verlust!

Vierte Station (um 1890)
Unter den Kindern der städtischen Groethusens bringt es einer zu Wohlstand, als er im Boom der Gründerzeit eine eigene Firma aufbaut. Jahrelang arbeitet er unermüdlich, und als die Firma endlich läuft, beginnt er, sich mit der Geschichte seiner Stadt zu befassen. Denn auch sie erlebt er

bereits als einen Lebensraum im Wandel. Die Industrialisierung entvölkert nicht nur das Land, sie verändert auch die Städte selbst und vernichtet die Spuren der Vergangenheit. Fabrikbesitzer Groethusen gehört zu den Menschen, die ausgangs des 19. Jahrhunderts Heimatvereine gründen, um zu bewahren, was verloren zu gehen droht. Dabei agieren Leute wie er geradezu schizophren: Einerseits befördern sie den radikalen Wandel, andererseits glorifizieren sie in ihren Heimatvereinen genau die Vergangenheit, an deren Vernichtung sie arbeiten.

Fünfte Station (zur selben Zeit in Amerika)
Auch einer der amerikanischen Groethusens hat es zu etwas gebracht. Und obwohl er, besonders im ökonomischen Sinne, in der amerikanischen Gesellschaft aufgegangen ist, gründet auch er einen deutschen Heimatverein. Man fragt sich, warum? Soll die Erinnerung an die Herkunft seiner Vorfahren die amerikanische Existenz irgendwie aufwerten? Womöglich fehlt Mr. Grothouse doch ein Stück Identität, das er sich durch die Bewahrung von Sprache, Traditionen und Festen verschaffen will? Immerhin hat in Amerika (bis auf die Indianer) jeder einen – modern gesprochen – Migrationshintergrund, den er als seine zweite Geschichte und Identität mit sich trägt. Da will Mr. Grothouse womöglich nicht hinter den Nachfahren der Pilgerväter zurückstehen. Also hütet er seine eigene, besondere Vergangenheit, um damit eine kleine, aber schmerzhafte Lücke in seiner Existenz zu füllen.

Sechste Station (1918–1948)
Ein Sohn der deutschen Heimatverein-Groethusens überlebt mit knapper Not den Ersten Weltkrieg. Aus dem Wandervogel-Leben seiner Kindheit war er in die Schützengräben verschleppt worden. Jetzt sieht er den Staat seiner Jugend zerbrechen. Vom Kaiserreich als einer staatlich definierten Identität für alle Untertanen bleibt, knapp gesagt, nur ein diffuser Heimatgedanke übrig. Und als die Nazis den für ihre Politik in die Pflicht nehmen, ist der junge Groethusen mit glühendem Herzen dabei. Als NSDAP-Funktionär predigt er jetzt den Heimatgedanken. Allerdings tut er das nicht wie sein Vater, für den Heimat vor allem eine wehmütige Erinnerung war. Der Nazi-Groethusen spannt den Heimatgedanken vielmehr für eine aggressive Politik ein. Die Heimat, so verkündet er, müsse geschützt und vor allem erweitert werden. Seine Überzeugung ist so stark, dass er 1939 als Mitglied der Waffen-SS begeistert in den Krieg zieht, um 1945 zum zweiten Mal einen Zusammenbruch seiner Heimatvorstellung zu erleben.

1948 kehrt er aus der Gefangenschaft zurück. Die deutsche Teilung setzt ihm zu, ebenso der Verlust seiner inneren Heimat im Nationalsozialismus. Doch er schweigt dazu, beteiligt sich vielmehr am Wiederaufbau und am Wirtschaftswunder. Würde man ihn fragen, was ihm Heimat jetzt bedeutet, würde er wahrscheinlich auf das Siedlungshaus zeigen, das er in den Dreißigerjahren gebaut und das die Bombennächte überdauert hat. Es fragt ihn allerdings niemand.

Siebte Station (nach 1945)

Sie erinnern sich an die Groethusens, die vor 100 Jahren ihr Glück im Osten gesucht hatten? Auch unter ihnen ist eine Familie zu Wohlstand gekommen. Doch als Deutschstämmige müssen sie ihre Ländereien verlassen. Mit Mühe schlagen sie sich dorthin durch, wo ihre Vorfahren gelebt haben. Sie kommen bei entfernten Verwandten unter und müssen in bescheidensten Verhältnissen ganz von vorn anfangen.

In den Fünfzigerjahren wird einer der Ost-Groethusens Funktionär eines Vertriebenen-Verbands. Er organisiert Heimattage, bei denen Volkstänze aufgeführt und Heimatlieder gesungen werden. Dort beschwört er in markigen Reden das Dogma, es gebe ein Recht auf die alte Heimat im Osten. Der vertriebene Groethusen bleibt allerdings zeit seines Lebens ein verbitterter Mann, denn er muss erleben, wie er zu einem Fossil der Geschichte wird. Als Willy Brandt in Warschau den Kniefall begeht, sieht er seine Heimat im Osten endgültig verloren. Doch schlimmer noch ist, dass sich auch seine Kinder von der alten Heimat als dem Sehnsuchtsziel ihres Vaters lossagen.

Achte Station (um 1968)

Durch einen Zufall lernen sich Heinz, der Sohn des Vertriebenen-Groethusen, und Heidi, die Tochter des Nazi-Groethusen, während einer Demo gegen den Vietnamkrieg kennen. Sie sind beide kurz vor Kriegsende geboren und studieren jetzt fürs Lehramt, wenden aber viel Zeit an ihr politisches Engagement. Zusammen ziehen sie in eine WG und werden ein Paar, wogegen nichts spricht, da sie allenfalls Cousin und Cousine x-ten Grades sind. Gemeinsam ist ihnen allerdings ihre Überzeugung, dass alle Heimatvorstellungen und alle Heimataktivitäten ihrer Väter und Vorväter nichts anderes waren als der Ausdruck von Chauvinismus und Imperialismus. Sie lehnen daher jeden Heimatgedanken, der sich auf konkrete Orte bezieht, kategorisch ab. Vielmehr sollten alle Menschen auf der Welt, egal wo sie geboren sind, ihre innere Heimat in einer politischen Idee finden. Der real existierende Sozialismus werde die Welt zu einer universellen Heimat für jeden Menschen machen, in der alle partikularen Heimaten restlos aufgehen.

Neunte Station (jüngere Vergangenheit)
Bleiben wir noch bei Heinz und Heidi Groethusen. Die beiden absolvieren ein paar wilde Jahre auf Demos und in WGs, dann beenden sie ihre Studien und werden als Lehrer in den Staatsdienst übernommen. Einen Teil ihres politischen Gedankenguts und damit auch ihre Heimat im Sozialismus haben sie da schon über Bord geworfen, der Rest kippt im Herbst 1989 ziemlich lautlos hinterher. Ihre ausgesprochen kritische Einstellung zu den Heimatvorstellungen ihrer Väter haben die beiden zwar behalten, doch es zeigt sich, dass sie ohne eine eigene Version der Idee von Heimat nicht leben können. Heinz und Heidi engagieren sich daher in der Bewegung der Grünen. Heimat suchen sie jetzt dort, wo die ursprüngliche Natur von der industriellen Vereinnahmung bedroht wird. Ihre neue Vorstellung von Heimat könnte man jetzt als die Utopie einer Gesellschaft beschreiben, die, wo auch immer, in Einklang mit der Natur lebt und der unberührten Schöpfung so viel Raum wie möglich lässt. Kein Wunder also, dass Heinz und Heidi viele Frustrationen erleben; schließlich frisst sich der technische Fortschritt nur immer weiter in die Welt hinein.

Zehnte Station (Gegenwart)
Heinz und Heidi haben übrigens Kinder, Anfang der Achtzigerjahre geboren. Nennen wir sie Roman und Carina. Die beiden sind mit ihren Eltern zu Demos gegen Umweltverschmutzung und Waldsterben gegangen, sie haben innerstädtische Fabrikterrains besetzt, um für deren Renaturierung zu kämpfen. Aber wie Kinder nun einmal sind, haben sie von den Aktivitäten ihrer Eltern nach eigenem Bekunden irgendwann, Zitat: den Hals gestrichen voll. Beim Ausbruch des Internetzeitalters Mitte der Neunzigerjahre sind sie Teenager, und zum Entsetzen von Heinz und Heidi stürzen sie sich kopfüber in die digitale Welt. Jahrelang spielt sich ihr Leben vor allem, ja oft ausschließlich auf digitalen Plattformen und in sozialen Netzwerken ab. Roman und Carina haben Tausende von Freunden und Followern auf dem ganzen Erdball. Wenn ihre Eltern sich darüber beschweren, erklären die beiden, dass sie damit den alten Studententraum ihrer Eltern von einer Weltheimat endlich in die Tat umgesetzt hätten.

Heute sind Roman und Carina über 30. Sie haben ihre Ausbildungen abgeschlossen und bemühen sich, im Berufsleben Fuß zu fassen. An die Stelle des digitalen Alltags tritt mehr und mehr der analoge; und mit ihm kommt auch wieder die Frage nach der Heimat auf. Doch wo um Himmels willen ist die jetzt? Die Heimatvorstellungen ihrer Großväter und ihrer Eltern erscheinen ihnen allesamt als überlebt und untauglich, aber eine Alternative können sie so schnell nicht nennen. Roman spricht daher in letzter Zeit viel vom Auswandern – Kanada sei ein Land, das noch mit sich selbst im Reinen sei. Carina hingegen ist drauf und dran, den nächstbesten Mann zu heiraten, um möglichst schnell eine Familie zu gründen. Denn Kinder zu haben und für sie zu sorgen, sagt sie, das sei doch wohl die eigentliche Heimat. Oder nicht?

Ich weiß es nicht. Ich weiß nur, die vielen Heimatvorstellungen der Groethusens haben alle etwas gemein. Es ging und geht nämlich immer um Sehnsucht! Tatsächlich wächst und gedeiht die Vorstellung von Heimat dort am stärksten, wo das Selbstverständliche von Herkunft, Lebensort und Lebensart verloren gegangen ist. Mir scheint, Heimat ist am wenigsten der Name für einen konkreten Ort. Heimat hat keine Postleitzahl. Sie ist vielmehr eine Utopie, das heißt: ein begehrtes, aber unerreichtes, ja unerreichbares Ziel.

Anders gesagt: Wer eine Heimat hat, die ihm selbstverständlich ist, der braucht das Wort überhaupt nicht. Erst wenn das Selbstverständliche schwindet, meldet sich »Heimat« als die Vorstellung des Geschwundenen und dabei doch so Wünschenswerten, ja Überlebenswichtigen. Nur wer die Heimat verloren hat oder ihren Verlust befürchtet, nur wer die Fähigkeit, sich heimisch zu fühlen, nicht mehr besitzt, der weiß, was Heimat für ihn bedeutet.

BUS

2

Mönchengladbach, Hindenburgstraße
oder:
Ein Ort, so alt wie ich

Kurz zur Orientierung: Die Hindenburgstraße, noch heute so etwas wie die Hauptgeschäftsstraße von Mönchengladbach, verbindet den Alten Markt auf dem Abteiberg, also das historische Zentrum der Stadt, mit dem Bahnhof. Bis in die Zwanzigerjahre hieß sie, geografisch wie auch bewusstseinsgeschichtlich korrekt, Krefelder Straße. Denn in ihrem weiteren Verlauf führt sie tatsächlich nach Krefeld; und in diese Richtung, nämlich auf die bedeutendere der beiden Textilstädte am Niederrhein, schaute man in Gladbach zwar ungern, aber dauernd. Noch in meiner Kindheit hieß es, in Krefeld würden die teuren Stoffe gewebt, in Gladbach die billigen. Alles andere sei damit zu erklären. Heute ist hier wie dort die Textilindustrie verschwunden.

Auf einem Stadtplan, besser noch: auf Google Earth kann man es gut nachverfolgen: Die Hindenburgstraße fällt den Abteiberg nach Osten hin ab, zuerst recht steil und gerade; nach der Kreuzung mit der Stepgesstraße folgt eine Linkskurve, Richtung ist dann Nordosten, der Verlauf wird alsbald flacher. An der Kreuzung mit der Bismarckstraße, in der man hier und da das 19. Jahrhundert noch erahnen kann, rollt die Straße aus. Am Schluss ein kleiner Linksschwenk, dann mündet sie in den großen Bahnhofsvorplatz, der heute Europaplatz heißt. Ob die Einwohner ihn so nennen, weiß ich nicht. Ich jedenfalls, geboren in Mönchengladbach 1956 und weggezogen 1975, tue es nicht.

Im Mai 1945 lag die Hindenburgstraße weitgehend in Trümmern. Seine nordwestliche Randlage hatte Mönchengladbach bereits im Frühjahr 1940 zu einer Art Übungsgelände für die Bomberverbände gemacht, die von England aus über die Niederlande anflogen. Der Luftangriff vom 11./12. Mai 1940 mit 35 Maschinen gilt als der erste im Bombenkrieg der Alliierten gegen die deutschen Städte. Danach wurden die Innenstadt und die eher wenigen kriegswichtigen Ziele in Mönchengladbach bis zum Kriegsende kontinuierlich bombardiert.

In den Fünfzigerjahren begann der Wiederaufbau der Innenstadt rund um eine ziemlich radikale Neugestaltung der Hindenburgstraße. Eigentlich blieb nur der Name; nach meiner Erfahrung fällt es auch älteren Bewohnern schwer, Fotos der Hindenburgstraße aus der Vorkriegszeit den entsprechenden Partien der Gegenwart zuzuordnen. Den neuen Verkehrsanforderungen gemäß, also im Sinne der »autogerechten Stadt«, wurde die Straße deutlich verbreitert. Zudem fand genau dort, wo es sich anbot, nämlich kurz vor dem Schwenk nach Nordosten, ein weiträumiger Aufbruch der Randbebauung statt. An der Südseite fing jetzt ein Hochhaus, das siebengeschossige »Sonnenhaus«, quer zur Straße stehend den Fall der Straße auf. Gegenüber, auf der Nordseite, wurde ein respektabel großer Platz geschaffen und durch den Neubau des Stadttheaters abgeschlossen.

Und wenn ich es ganz persönlich ausdrücken soll: Bei aller Kritik, die ich wie die meisten Menschen, berechtigt oder unberechtigt, im Laufe meines Heranwachsens an meiner Heimatstadt geübt habe, konnte, kann und will ich niemals leugnen, dass mir dieser Gesamtentwurf einer städtischen Hauptstraße im Großen und Ganzen als ansprechend und ausgewogen, ja, begünstigt durch die Gegebenheiten des Terrains, sogar als besonders harmonisch erscheint.

Aber nein, ich muss es anders sagen: Ich habe die Hindenburgstraße sehr geliebt. Viele Jahre lang, mehr als mein halbes Mönchengladbacher Leben, war sie so etwas wie mein zweites Zuhause. Meine womöglich älteste Erinnerung gilt einem Laden für Haushaltswaren an der Ecke zur Krichelstraße, untergebracht im Souterrain einer Kriegsruine, eine dunkle, staubige Höhle der Vergangenheit – anziehend, aber auch bedrohlich. Doch gleich gegenüber befand sich die größte Attraktion für ein Kind aus einem dörflichen Vorort, der *Puppenkönig*, ein geradezu atemberaubend großes Spielwarengeschäft. Damals sah ich all dies noch an der Hand meiner Mutter; später wurden die Hindenburgstraße und ihre Umgebung der Ort der ersten Freiheiten, der Entdeckungsraum eines zwölfjährigen Flaneurs mit erweiterter Monatskarte.

Vom Physiksaal meiner Schule aus schaute ich in den schläfrigen sechsten Stunden, an alten Bäumen vorbei, auf die gelbe Staumauer des

»Sonnenhauses« mit den grünen Markisen. Dahinter spielte das Licht auf der Glasfront des Theaterfoyers. Oft, manchmal mehrmals in der Woche, fuhr ich dann nach diesen sechsten Stunden nur nach Hause, um gleich wiederzukommen und zwischen Bahnhof und Altem Markt alle infrage kommenden Läden abzuklappern, die Stadtbibliothek zu besuchen und mich dabei, ganz allein mit mir, aber inmitten der lebendigen Straße, vollkommen wohlzufühlen. Später kamen die Besuche in der Spielhalle im Lichthof hinzu und natürlich die in den Lokalen oben am Alten Markt und an der Waldhausener Straße, die in Verlängerung der Hindenburgstraße den Abteiberg an der anderen Seite hinunterführt.

Die Eckruine mit dem Laden für alles Alte war zu Zeiten meiner Flaneurexistenz auf der Hindenburgstraße bereits abgerissen. An ihrer Stelle stand jetzt das Quelle-Kaufhaus, Konkurrenz zum Kaufhof, der gegenüber der Hauptpost den mittleren Teil der Hindenburgstraße beherrschte. Ich mochte es nicht, schon weil es dem Kaufhof Konkurrenz machte, der für mich der Inbegriff des großen Warenhauses war. Außerdem störte es irgendwie das Bild, es erschien mir als Einbruch oder als Fehler.

Ich weiß, ich greife jetzt vielleicht zu hoch. Wie gern macht man aus seiner Kindheit, die man einfach so dahingelebt hat, das erste Kapitel eines Romans. Aber ich denke, ich habe als Kind aus dem Umstand, dass auf der Hindenburgstraße das Meiste ungefähr so alt war wie ich, eine große Geborgenheit geschöpft. Vielleicht könnte ich sagen: die Geborgenheit des fraglos Selbstverständlichen, auch die Geborgenheit der Zeitgenossenschaft, zu der der Geschichtsladen im Ruinensouterrain so wenig gehörte wie das modische Quelle-Kaufhaus.

In meiner Erinnerung steht die Hindenburgstraße da wie aus einem Guss. Ich weiß, dass viele Bilder von damals das widerlegen. Aber ich weiß, was ich empfunden habe: Dass es hier so etwas wie einen distinkten, durchgängigen Baustil gab, über weite Strecken realisiert, der sich selbst ganz überzeugend als das jetzt und hier Gültige behauptete und alles andere als Abweichung brandmarkte, als etwas, das sich nicht auf der Höhe der Zeit befand.

Mir fehlen, um diesen Stil zu beschreiben, die Fachbegriffe. Ich muss es ganz einfach versuchen: gleiche Höhe der Bauten, gleiche Struktur der Fassaden. Ein sachlich-mathematisches Thema mit Variationen. Alles schrieb sich von den gleichmäßigen Fensterreihen her, man sah Rechtecke um Rechtecke herum. Entsprechend meist eine Betonung der Vertikalen, die Horizontalen als Abschlüsse gegen die Läden im Parterre oder gegen das Dach. Kein anderer Winkel war erlaubt als der rechte! Dabei war das alles angenehm aufgelockert durch den Höhenversatz der Stockwerke an der abschüssigen Straße und gelegentlich oben gekrönt durch nicht einsehbare Balkone, besser Dachterrassen. Von denen herab, so dachte ich damals, müsste der Blick ganz wunderbar sein. Überhaupt müsste dort oben zu wohnen das Größte sein: mitten im Leben und zugleich nach oben entrückt. Was für ein Desaster dagegen unser Reihenhaus im Neubaugebiet!

Fast bis zum Ende meiner Zeit in Mönchengladbach habe ich, wenn mich meine Erinnerung nicht täuscht, das Ganze der Hindenburgstraße als etwas im besten Sinne Angemessenes und Zeitgemäßes betrachtet. »So sind jetzt«, hätte ich auf eine entsprechende Frage geantwortet, »die Straßen, so sind die Häuser, die Plätze, wenn sie nichts anderes wollen, als den Menschen möglichst unaufdringlich und heiter zu dienen.«

Kurz vor meinem Weggang aus der Stadt erlebte ich dann aber noch, was ich später als Auftakt zur Katastrophe der Hindenburgstraße bezeichnete. Zu einem Stadtjubiläum wurde der offenbar schon länger gehegte Plan verwirklicht, sie in eine Fußgängerzone zu verwandeln. So etwas geschah damals noch nicht vornehmlich aus ökologischen Gründen, sondern zum Zwecke einer Demokratisierung des öffentlichen Raums. Die Idee hatte 1974 ihre ideologische Hochzeit womöglich schon überschritten; ihre Popularität aber war noch ungebrochen. Ich kann mir vorstellen, dass die zuständigen Stadtplaner darin einen würdigen Abschluss des Wiederaufbaus sahen. Ich enthalte mich also der Vorwürfe. Der Zeitgeist ist ein mächtiger Gegner, weil er sich oft so erfolgreich als Verbündeter tarnt.

Dennoch denke ich: Man hätte es wissen können! Weil der öffentliche Nahverkehr sich nicht in die engen und sowieso schon überfüllten Seiten- oder Parallelstraßen der Hindenburgstraße verlegen ließ und man überdies den Geschäften nicht den Weg zur Warenanlieferung nehmen konnte, wurde die Hindenburgstraße keine »echte« Fußgängerzone. Sie erhielt lediglich dramatisch verbreiterte Bürgersteige und in der Mitte eine im Niveau nur ganz unwesentlich abgesenkte Bus- und Lieferspur. So war der Verkehr zwar reduziert, aber kein wirklicher Schutz- oder Ruheraum eröffnet. Wo für den Fußgänger, dem doch dieses ganze Projekt gewidmet war, die Gefahr begann, war kaum zu sehen oder zu spüren, erst recht nicht zu hören, rollten doch die schweren Busse bergab fast lautlos.

Instinktiv mieden daher die Fußgänger die meisten Bereiche der neu entstandenen Steinwüste, ängstlich blieben sie in der Nähe der Läden.

Was sollten sie auch in dem gepflasterten Niemandsland zwischen Häusern und Busspur, wo nichts auf sie wartete als die Strafe für unaufmerksames Schlendern? Die einfallslosen Straßenmöbel in diesem Niemandsland, Bänke und Kübel, verkamen, wie die ganze Straße, zusehends. Für mein Empfinden hatten sie nie eine andere Funktion als die, das Elend aufzuhalten, das ab jetzt den Abteiberg hinunter über diese viel zu breite und zu Tode beruhigte Straße floss; und auch das schafften sie nie.

Bis heute ist aus Gründen, die ich, ohne sie zu kennen, verstehe, alles gescheitert, was man tat, um das Desaster zu mildern. Ich weiß von versenkten Scheinwerfern, die bald nicht mehr leuchteten, von wulstigen oder kraterförmigen Brunnen, aus denen es bald nicht mehr floss. Genügsame und leidensfähige Straßenbäume, nach etlichen Jahren tatsächlich in der Lage, etwas Schatten zu spenden, fielen Straßenbauarbeiten zum Opfer, wahrscheinlich wie alles aus guten Gründen. Über Jahre, Jahrzehnte kam es mir bei jedem meiner Besuche in meiner alten Heimat so vor, als habe die Umgestaltung zur Fußgängerzone die Hindenburgstraße mit einer Krankheit infiziert, an der sie seitdem chronisch leidet.

Natürlich durfte ich der Straße nicht wünschen, dass der Verkehr zurückkehre, weil mit ihm zwar Geschwindigkeit, offene Gefahr und Lärm, aber damit vielleicht auch das Leben zurückkommen könnten. So etwas tut man nicht. Und ich musste mich auch darüber belehren lassen, dass sich Mönchengladbach seit den Siebzigerjahren von einer, wenn nicht reichen, so doch ertragreich wirtschaftenden Stadt zu einer armen Stadt entwickelt hat und zu einer, die um alles, was einmal selbstverständlich gewesen war, ringen musste: um Atem, Blick und Ausdruck. In so einer Lage müsse man befürchten, dass jede Veränderung eine zum Schlechten ist. Mir leuchtete das ein! Geld regiert, auch das Bewusstsein und den Geschmack und die Träume. Und die schlimmste Regentschaft übt das Geld aus, wenn es fehlt.

Dennoch war mir auf die Frage, was die Hindenburgstraße, meine damals so innig geliebte Hindenburgstraße, dermaßen hatte herunterkommen lassen, die Antwort »Geld«, oder besser: der Mangel daran, einfach nicht genug. So billig wollte ich mir die Beschädigung meiner Kindheit nicht erklären lassen. Ich wollte vielmehr glauben, dass der Niedergang dieser Straße schon in ihrer Idee begründet war und dass kein Geld der Welt ihn hätte aufhalten können. Nein, der Teufel musste schon im Anfang gesteckt haben. Denn warum sonst mussten alle architektonischen Veränderungen vor, um und nach dem Fall der Hindenburgstraße in die Fußgängerzone so dramatisch und zugleich so unansehnlich scheitern?

Habe ich »unansehnlich« gesagt? Ein Wort, dem man lange nachhorchen kann. Ich jedenfalls empfand einen Gang die Hindenburgstraße hinunter zunehmend als einen durch ein langweiliges Pandämonium jüngerer Baukunst, das sich allmählich zwischen die Erstbebauung der Fünfzigerjahre schob. Zumeist Gewaltstudien in Sichtbeton. Besonders traurig: das wohlmeinende Basar-Getue des Eingangs zu einer neu gebauten Passage unter dem Theatervorplatz. Mit ihr wurde ein Großteil der Gestaltungsleistung des Wiederaufbaus zugunsten der Bereitstellung zusätzlichen Ladenraums vernichtet, begünstigt durch die zunehmend schwache Position eines Theaters, dem unter anderem die Zuschauer fehlten. Den Neubau der Hauptpost empfand ich, verglichen mit dem alten Kaufhof gegenüber, als eine Orgie der Abwesenheit von Gestaltungswillen und Gestaltungskraft. Und das sogenannte Vitus Center am Bahnhofsvorplatz konnte ich nur als eine unfreiwillige Selbstverspottung der Postmoderne begreifen.

Damit nicht genug, hatte ich immer aufs Neue den Eindruck, dass die Besitzer beinahe aller Häuser aus den Fünfzigerjahren ihr Möglichstes taten, um diesen Bauten den Geist der Planer und Architekten auszutreiben. So rüsteten sie, als ließe sich nur durch die Leistung des Unterstands bei Regen noch Kundschaft locken, ihre Häuser mit weit in die Straße ragenden Vordächern aus, gehalten mit mächtigen Stangen oder Trossen. Die kleine, aber stolze Würde der Schaufenster schwand darunter dahin, diese vormals strahlenden Augen des Wirtschaftswunders lagen jetzt im Dauerschatten unter wetterunbeständigem Plastik. Zudem verdeckten Werbeflächen oberhalb der Läden die Farben und Strukturen der Fassaden, manche Schauseiten wurden sogar gänzlich umgefärbt oder verkleidet. Für mich das schrecklichste Beispiel ist das *Haus Westland* am Bahnhofsvorplatz, das nach der x-ten Fassadensanierung und einem Farbwechsel von hell / weiß auf braun / beige in den Leerstand siechte und nicht viel mehr zu tun hatte, als das arme Bahnhofsgebäude zu betrachten, dem man beim Wiederaufbau nicht einmal seinen bescheidenen Jugendstilgiebel gegönnt hatte und das sich seit Jahren hinter den Metallkonstruktionen des Busbahnhofs duckt wie hinter marsianischen Panzersperren.

Ach ja, natürlich bin ich ungerecht! Und ich muss kein Psychologe sein, um zu wissen, warum: Ich kann doch letztlich nicht anders, als in jeder Veränderung einer Straße, die so alt ist wie ich und mit der ich so viel verbinde, ein Zeichen des Verfalls und der Abweichung vom Ideal zu sehen. Gerade so, wie ich in den Spiegel schaue und dort täglich die immer größere Abweichung vom besten Entwurf meiner selbst wahrnehme. Die Hindenburgstraße: Ich sehe sie als einen Zustand jenseits von Reichtum und Hoffnung; und ich sehe sie mit den Augen dessen, der hier jung war und es weder hier noch irgendwo sonst wieder sein kann. Damit wäre dann alles erklärt. Und gut, ich lasse mit mir handeln. Von mir aus sollen 90 Prozent der Verzweiflung, die ich bei meinen Besuchen auf der Hindenburgstraße empfand, ausschließlich psychologisch erklärt sein.

Aber dann bleiben doch zehn! Und die, zum Teufel, setze ich darauf, dass genau das, ausgerechnet das, was ich im Alter zwischen 12 und 17 als die Harmonie des Selbstverständlichen empfunden habe, in Wahrheit der Urgrund des späteren Desasters war. Und wenn ich mir in diesem Sinne, vorsätzlich einmal nicht mit Wehmut, sondern mit Erkenntniswut, die ehemals so vertrauten Bauten ansehe, dann sehe ich Folgendes:

Die Hindenburgstraße der Fünfzigerjahre war der Versuch, das Untergegangene und mutwillig Zerschlagene ganz anders und vor allem besser zu machen. Die Gegenwart sollte eine freundliche, eine gereinigte Fassung der Geschichte sein. Sie entstand aus einem Plan, der eine Negativ-Blaupause der Vergangenheit war. Und heraus kam dabei tatsächlich etwas, das wie frisch gewaschen erschien, sachlich, freundlich, ohne Übertreibung. Der rechte Winkel war ein bescheidener, aber ehrlicher Ausdruck des rechten Geistes. Und so sollte es sein, immerdar.

Tatsächlich aber entstand etwas, dem leider die Kraft fehlte, aus sich heraus Metamorphosen zu erzeugen oder wenigstens zuzulassen. Im architektonischen und im Bewusstseins-Kontext der Hindenburgstraße konnte bald schon jede Veränderung nur noch als Verletzung erscheinen, als Ketzerei am großen Entwurf. Alles individuell Ambitionierte scheiterte daran, dass es sich am Masterplan versündigte. Oft genug wurde aus Zaghaftigkeit das einmal erreichte Niveau deutlich unterschritten. Und selbst die Attentatsversuche der Postmoderne erwiesen sich als Rohrkrepierer. Die Hindenburgstraße hat auf Dauer nichts von dem Geist, aus dem sie entstand, weitergetragen, ja, sie hat ihn nicht einmal ertragen; doch zugleich hat sie jede Opposition getötet. Ihre erste große Idee von der schönen, harmonischen, funktionalen Nachkriegsstadt lähmte ihre spätere Geschichte, so wie die fortgesetzte Anwesenheit des vorzüglich beleumundeten Seniorchefs, dem die Söhne und Enkel tagsüber im Geschäft alles recht machen wollen, während sie nächtens darüber grübeln, wie ihm eins auszuwischen wäre. Dauernd versichern sie einander, den Laden, sobald der Alte tot ist, aufzulösen und neu zu gründen. Doch da er längst auch ihr Mausoleum zu Lebzeiten geworden ist, sind sie dazu niemals imstande. –

Und dies alles hier schrieb ich, als der große Plan der Hindenburgstraße in Mönchengladbach noch vom Bahnhofsvorplatz bis hinauf zum Alten Markt deutlich zu erkennen war. Demnächst aber wird er das nicht mehr sein. Diese architektonische Bewusstseinslähmung, die ich, zugegeben, in so dunklen Farben beschrieben habe, sie ist, nachdem mein Text zuerst erschienen war, offenbar aufgebrochen. Ein neuer Geist ist daran gegangen, seinen steinernen Ausdruck zu gestalten. Und ich weiß nicht, soll ich nun sagen: leider, oder: endlich.

Zunächst fiel das schon ganz und gar ungenutzte Stadttheater, das in mehrfacher Hinsicht als Dreh- und Angelpunkt der neuen Hindenburgstraße entstanden war, unter die Bagger. Der Platz davor, der niemandem diente außer dem Geist der Freiheit, er verschwand. Ich war entsetzt! Das ganze Areal ist mittlerweile bis auf den letzten Quadratmeter okkupiert von einer Shoppingmall, die innen aussieht wie alle ihresgleichen und außen wie etwas, das am allerwenigsten in den ersten großen Plan der Straße passt. Sie ist rundlich statt eckig, sie ist malstiftbunt, sie hat keine Fenster, dafür einen Balkon auf halber Höhe. Ein Raumschiff vom Planeten Kunterbunt, gelandet in der überlebten Moderne des rechten Winkels.

Und dies war der Anfang nur. Das sieche *Haus Westland*, einst ein beliebtes Motiv für Postkarten aus dem Wirtschaftswunder, mittlerweile mausetot, wird demnächst abgerissen, ebenfalls, um etwas vollkommen anderem zu weichen, das nebenbei auch die Hälfte des Bahnhofsvorplatzes schlucken und damit sehr zeitgemäß Europa verkleinern wird. Und dann erfahre ich noch, dass man dem Alten Markt im Stil der Neubebauung des Frankfurter Römers etwas kleinteilig Scheinhistorisches in die Kriegsbrachen implantieren will, die längst nicht mehr als solche wahrgenommen werden.

Und ich? Ich bin selbst darüber erstaunt, wie gelassen ich es inzwischen hinnehme. In der Hindenburgstraße hat wohl mittlerweile eine Generation von Verantwortlichen das Sagen, die sich nicht mehr von einer Mischung aus Sentimentalität und zähneknirschend-widerwilligem Respekt vor dem großen Entwurf der Fünfzigerjahre leiten lässt. Sondern stattdessen nur noch von dem Bestreben, den höchst verständlichen Selbstverwirklichungsdrang von Architekten und den noch viel verständlicheren Profitwillen von Investoren irgendwie ins Benehmen zu setzen. Und es mag wohl sein, dass ihre neuen Pläne nicht einmal das Schlechteste sind, was meiner Hindenburgstraße passieren konnte.

Jagen wir diesen Ort also aus der Geschichte als dem Resultat kollektiven Bewusstseins, und führen wir ihn hinein in eine Geschichte des undurchschaubaren Mit-, Gegen- und vor allem Durcheinanders von Individuellem – anders gesagt: ins Zeitalter der Ökonomie. Macht aus meiner Hindenburgstraße, rufe ich den Planern zu, wieder einen Ort ohne großen Plan! Ein Arrangement von »Quartieren«! Sehr gut. Ein Spielplatz für Geschichte als Chaos. Schrecklich, aber wahrhaftig.

Mal sehen, was davon ich noch erlebe.

3

Vineta und ich
oder:
Die Liebe zum alten Berlin

Es geht um Liebe, um meine. Also eigentlich um eine Privatangelegenheit. Aber so sind wir Schriftsteller nun einmal: Immerzu reden wir von uns selbst; und dabei hoffen wir, das eigene Leben und die eigenen Erfahrungen könnten jemand anderen interessieren, weil sie für ein Allgemeines stehen, an dem viele, vielleicht sogar alle teilhaben. Mit genau dieser Hoffnung werde auch ich jetzt von meiner unglücklichen Liebe erzählen. Sie spielt in Berlin, sie hat viele Jahre gedauert; sie war schon am Anfang unglücklich, und da sie nie so recht zu Ende gegangen ist, dauert das Unglück noch an. Der Liebende in dieser Geschichte bin ich, die Geliebte aber – und jetzt muss ich alle enttäuschen, die sich auf etwas Klatsch gefreut hatten –, die Geliebte ist: Berlin. Sehr richtig, die Stadt Berlin als eine Versammlung von Häusern, Straßen, Brücken, Tunneln, Gärten, Parks und so weiter. In dieses Berlin habe ich mich einmal unglücklich verliebt. – Aber ich will ganz von vorn beginnen.

Wie vielen Liebesgeschichten ging auch meiner eine Geschichte der Ignoranz voraus. Im tiefen Westen der alten Bundesrepublik geboren, war mir Berlin während meiner ganzen Jugend so ziemlich schnuppe. Als meine Schulklasse vor dem Abitur das Angebot einer finanziellen Unterstützung für eine Fahrt nach Berlin erhielt, lehnten wir dankend ab. Nach Berlin fuhr unsereiner nicht, denn da war doch der Hund beziehungsweise da waren die Teile der deutschen Geschichte begraben, mit denen wir als junge Nachkriegswestdeutsche uns nur sehr ungern beschäftigten. Das aufwendig viergeteilte Berlin betrachteten wir vor allem als Reminiszenz an die Untaten unserer Väter und Großväter, von denen wir uns unter Anleitung unserer älteren Geschwister gerade so lautstark distanzierten.

Tatsächlich war ich fast 30g, als ich Mitte der Achtzigerjahre zum ersten Mal nach Berlin fuhr. Es war Ende März, aber in Berlin herrschte noch der kalte kontinentale Winter. Auf dem Kurfürstendamm schneite es so stark, dass die Menschen von Geschäft zu Geschäft zogen wie von einem Biwak zum nächsten. Dennoch entschloss ich mich am zweiten Tag zu einem Besuch im Osten, um endlich meine Miniportion Erbschuld an der deutschen Geschichte abzutragen. Als die S-Bahn um die Brache des Spreebogens rumpelte, setzte der Schneefall aus und gab den Blick frei. Zum ersten Mal in meinem Leben sah ich Reichstag und Brandenburger Tor in der Realität. Und ich war entsetzt. Es gab sie also wirklich, diese Mauer! Und sie sah noch viel schrecklicher und grotesker aus als im Fernsehen.

Am Bahnhof Friedrichstraße angekommen, wurde ich wie alle Einreisenden behandelt, also schlecht. »Seien Sie ruhig freundlich zu mir«, war ich versucht zu sagen. »Ich gehöre ja gar nicht dazu. Ich habe mit dieser Sache hier nichts zu tun.« Beinahe hätte ich von der Gnade der späten Geburt geredet, aber dann wartete ich doch schweigend in den schweigenden Schlangen vor der Abfertigung.

Unter den Linden setzte der Schneefall wieder ein. Mühsam erkannte ich alte und neue Bauten, verfallen die einen, trist und öde die anderen. Ich verstand den Winter, der ihnen allen ein weißes Tuch über das Gesicht legen wollte. Tapfer schlug ich mich zum Alexanderplatz durch, den ich als Platz überhaupt nicht erkannte. Erschüttert und durchgefroren drehte ich nach Süden ab. Dort standen Hochhäuser, die mir vorkamen wie vorübergehend abgestellt oder wie zwischengelagert und vergessen. Ihre oberen Geschosse verschwanden im Schneetreiben.

Irgendwann erreichte ich wieder die Westseite der Mauer. Hier lag das Kulturforum verlassen wie ein aufgegebener Brückenkopf, die Matthäuskirche wie das vom Eis umschlossene Wrack eines Forschungsschiffs am Polarkreis. Ich suchte eine U-Bahn-Station und fand keine. Ich war verzweifelt. Jetzt rächte sich offenbar, dass ich die Trauerarbeit an der deutschen Geschichte so lange aufgeschoben hatte. Ich musste heulen, wegen der Kälte, aber auch um Deutschland; und ich hätte es hemmungslos getan, Zuschauer waren keine da. Doch die Tränen froren mir in den Augen.

Ein paar Tage später war ich wieder zu Hause im tiefen Westen. »Berlin, das ist so schrecklich«, sagte ich dort jedem, der es nicht hören wollte. »Diese Teilung, die ist so traurig und albern. Das hält sich nicht. Das wird bald verschwinden.« Dabei war mir gar nicht wohl bei solch vollmundigen Prophezeiungen; und als kurz darauf Ronald Reagan vor dem Brandenburger Tor den Abriss der Mauer forderte, war mir das eher peinlich.

Doch ich behielt Recht. Die Mauer sollte tatsächlich nicht mehr lange stehen; und parallel zu den politischen Veränderungen, die dann folgten, veränderte sich auch mein Leben. Mein erstes Buch erschien, die zweite Lesung daraus fand im April 1991 statt, im Charlottenburger *Buchhändlerkeller*. In den folgenden Jahren war ich dann häufiger in Berlin eingeladen, und immer nutzte ich diese Tage zu langen Spaziergängen durch die jetzt mauerfreie, aber immer noch von der Trennung gezeichnete Stadt. Ich nahm gewissermaßen Nachhilfe in Hauptstadt und Metropole, den beiden neuen Pflichtfächern für Deutsche nach 1989.

Und – habe ich mich bei diesen Spaziergängen in Berlin verliebt? Das stimmt, aber es stimmt auch nicht so ganz. Denn tatsächlich war ich auf meinen Streifzügen durch Mitte und die angrenzenden Bezirke bald schon ganz auf ein Berlin konzentriert, das es gar nicht mehr gab oder von dem nur noch Reste existierten. Ziel meiner Leidenschaft wurde nicht das gegenwärtige Berlin, das allmählich seine Baulücken füllte und dabei zusammenwuchs, sondern das Berlin des 19. Jahrhunderts, das ich mir oft nur mit Mühe vorstellen konnte.

Mit Mühe – und natürlich mithilfe der Fotobände, die ich damals erwarb und auf meine Spaziergänge mitnahm. Es waren vor allem Sammlungen der bekannten Berlin-Fotografen Missmann, Schwartz und Titzentaler. Ausgangs des 19. Jahrhunderts hatten sie mit erkennbarem Stolz das Wachsen der Hauptstadt dokumentiert. Ich trug diese Bücher im Rucksack zu ausgewählten Orten, wo ich versuchte, den Standort der Fotografen so genau wie möglich einzunehmen, um so Einst und Jetzt nebeneinanderlegen und die Veränderungen begreifen zu können.

Allerdings kamen mir an praktisch allen Standorten diese Veränderungen als Verschlimmerungen vor. Mit seiner architektonischen Vergangenheit konfrontiert, erschien mir das heutige Berlin wie etwas planlos und unkontrolliert Wucherndes, etwas im Ganzen wie in seinen Details Disparates, ein bloßes Konglomerat ohne erkennbare Absicht, eine Summe von Notlösungen und Zufälligkeiten. Und damit drücke ich mich bewusst vornehm aus, damals habe ich es noch ganz anders formuliert.

Doch gerade dieser Schrecken über die Gegenwart des von der Geschichte gezeichneten und entstellten Berlin ließ in mir die Liebe zu seiner Vorgängerin wachsen, zum untergegangenen Berlin, jenem Vineta des 19. Jahrhunderts, das in den alten Fotografien aufbewahrt schien. Ich hätte damals sonst etwas dafür gegeben, auch nur einen Tag durch das Berlin der Jahrhundertwende flanieren zu dürfen.

Was aber war es genau, das mich so gefangen hatte und für sich einnahm? Nun, ich muss das vielleicht nicht ausführlich beschreiben. Wer kennt nicht zumindest Bilder von der Großstadt des späteren 19. Jahrhunderts? Da sind die Repräsentationsbauten im Stadtkern, erbaut in den Stilrichtungen der europäischen Kunstgeschichte von der klassischen Antike über Romanik, Gotik und Renaissance bis hin zu Barock und Klassizismus. Und da ist die kompakte Masse von Gebrauchsarchitektur, in strenger Geometrie zu rechtwinkligen Blöcken geordnet, mehrgeschossige Wohn- und Geschäftshäuser, auf deren Fassaden sich die ganze Vielfalt der Stilrichtungen noch einmal eng an eng präsentiert. Häuser mit romanischen Giebeln neben solchen mit Balkonen im Stil der Renaissance, kaum ein Fenster ohne Umrahmung, kaum eine Fläche ohne Strukturierung; figürlicher oder floraler Schmuck überall, Putti, Karyatiden, Medusenhäupter, Efeu, Eichenlaub, Akanthusblätter auf Säulenköpfen. Und über allem die Dächer, keines wie das andere, eine Welt von Gauben, Türmen und Türmchen, zinnenbewehrt und besetzt von geschmiedeten Gittern und Fahnenstangen mit goldenen Knäufen.

Kann man so etwas lieben?

Ich jedenfalls konnte es. Jahrelang konnte ich mich nicht sattsehen an den Fotos von immer neuen Variationen dieses Häusertypus, von dem nur wenige Exemplare die Zeitläufte gänzlich unverändert überdauert haben. Ständig fand ich neue Lieblingsbalkone und Lieblingserker, wo ich hätte sitzen mögen, am Nachmittag bei einer Tasse Kaffee, den Blick auf das Treiben der Straße gerichtet. Doch mehr noch galt meine Liebe den Ensembles, den Straßenzügen und insbesondere den Plätzen, wo die Bebauung sich um kleine Parks oder Anlagen gruppiert, in deren Mitte eine bronzene Figur auf einem Brunnen thront, den Blick ins Weite gerichtet, über die gestutzten Bäume und die gepflegten Rasenflächen, durch die sich, eingefasst von knöchelhohen Gittern, sauber geharkte Kieswege ziehen.

Wer möchte, soll sich jetzt bitte übers Netz ein Foto des alten Lützowplatzes besorgen. Wer nicht weiß, dass dies der Lützowplatz ist, der wird ihn darauf nicht erkennen, denn nichts davon ist erhalten geblieben. Auf immer zerstört seine Form, die sich dezent dem Verlauf des Landwehrkanals anpasste. Zerstört die Häuser, die dort vornehm zurücktraten, um Abstand zu wahren zum Herkulesbrunnen in der Mitte des Platzes, von dem aus man nach Norden über die Herkulesbrücke schaute. Das ganze Ensemble: eine stille Hommage an den großen Helden der griechischen Mythologie, der damals, zu Zeiten der Technisierung und Industrialisierung, als neues Sinnbild für die Kräfte der Moderne diente. Die Dampfschiffe auf dem Kanal werden ihn als ihren Schutzpatron gegrüßt haben, ebenso die elektrische Straßenbahn, die hier mit elegantem Schwung ins Lützowufer einbog.

Ja, so klingt Liebe, denn Liebe ist bekanntlich blind. Auch meine Liebe zum Berlin des 19. Jahrhunderts war blind, aber zum Glück – oder soll ich sagen: leider – war sie es nur auf einem Auge. Denn natürlich wusste ich, lange bevor ich den fotografischen Veduten von Schwartz, Missmann und Titzentaler verfiel, dass eben diese Architektur allen denkenden Kunstgeschichtlern und Stadthistorikern ein Gräuel und Scheuel ist, ja dass sie als der Skandal der neueren Kunstgeschichte schlechthin gilt.

Ich wusste es. Ich hatte zum Beispiel Hermann Brochs berühmtes Verdikt über die Wiener Ringstraßenkultur gelesen, aus dem ich jederzeit hätte zitieren können, so den programmatischen Prolog:

»Die Wesensart einer Periode lässt sich gemeiniglich an ihrer architektonischen Fassade ablesen, und die ist für die zweite Hälfte des 19. Jahrhunderts [...] wohl eine der erbärmlichsten der Weltgeschichte; es war die Periode des Eklektizismus, die des falschen Barocks, der falschen Renaissance, der falschen Gotik. Wo immer der abendländische Mensch den Lebensstil bestimmte, da wurde dieser zu bürgerlicher Einengung und zugleich zu bürgerlichem Pomp, zu einer Solidität, die ebenso wohl Stickigkeit wie Sicherheit bedeutete. Wenn je Armut durch Reichtum überdeckt wurde, hier geschah es.«

Diese Sätze kannte ich nicht nur, ich hatte ihnen auch immer zugestimmt. Ich war überdies, vermittelt durch eine andere Liebe, nämlich die zu dem Wiener Schriftsteller Peter Altenberg, ein später Jünger des Reformarchitekten Adolf Loos geworden. Loos hatte es gewagt, unmittelbar gegenüber der Hofburg in Wien ein Haus zu bauen, das keinerlei Ornamente trug und als Schmuck nur die Materialien herzeigte, aus denen es gebaut worden war. »Ornament ist Verbrechen«, lautete sein Motto. Das Ornament, so ließe sich im Sinne Brochs hinzufügen, verschleiert nur, was es schmücken will. Seine Herstellung, die ein Prozess der Tarnung ist, raubt überdies dem Menschen die Kräfte, die ihm dann anderswo fehlen, etwa in der Kunst, die daher zum Dekorativen verkommt.

Ja, das alles wusste und bejahte ich nicht nur, ich hatte es inzwischen auch in meine persönliche Poetik übernommen. Ich wollte gewissermaßen ornamentfrei schreiben, also ohne Rhetorik. Zwischen das Gesagte und seinen sprachlichen Ausdruck sollte kein Haar passen; kein bloß geliehener oder besser: gestohlener Schmuck sollte mir in meine Texte geraten. Daran hielt ich mich damals und halte ich mich – versuchsweise – bis heute.

Trotzdem war ich einer, der das Berlin des späten 19. Jahrhunderts liebte: diese zutiefst eklektizistische Veranstaltung, bei der die Kunstgeschichte geplündert wurde wie ein Krämerladen; diese Stein gewordene Herrschaftsgeste des Wilhelminismus, mit der die Menschen zur Lebendfüllung einer erstarrten Vorstellung vom Staat erniedrigt wurden. Berlin, diese Verschleierungsorgie, bei der man die Verarmung des städtischen Proletariats mit antikem Firlefanz überkleisterte. Berlin, dieses Beharren, ja Steckenbleiben in vorgeblich großer Geschichte; Berlin, dessen Grünanlagen allesamt Friedhöfe und dessen Denkmäler Grabfiguren waren und dessen universeller Grabspruch lautete: Rasenflächen nicht betreten!

Worin hatte ich mich da bloß verliebt? Was für eine Mesalliance! Tatsächlich habe ich mir diese Liebe immer wieder aus dem Herzen zu reißen versucht. Und womit tut man das am besten? »Andere Mütter haben auch schöne Töchter«, pflegt man Menschen mit Liebeskummer zu sagen. Also lenkte ich meine Aufmerksamkeit auf die Architektur meiner eigenen Epoche. Schließlich war ich kein Royalist, ich wollte doch »unseren alten Kaiser Wilhelm« nun wirklich nicht wiederhaben. Nein, ich bin ein bundesrepublikanischer Verfassungspatriot. Also frischauf – dann suche ich mir eben in der Architektur der wiederaufgebauten Städte die, so Broch, »Wesensart einer Periode«, sprich den Geist von Freiheit und Demokratie.

Gesagt, getan. Hatte ich bislang die Architektur, mit der zusammen ich zur Welt gekommen war, kaum beachtet beziehungsweise als das Selbstverständliche beständig übersehen, so schaute ich mir jetzt genauer an, woran ich bislang nur vorbeigelaufen war. Doch der Effekt war fatal. Denn was ich in den deutschen Nachkriegsstädten beziehungsweise in ihrer Architektur sah, das waren: Funktionalität als Ärmlichkeit, Sachlichkeit als Ausdrucksschwäche und Individualität als Eitelkeit oder Autismus. Hatte das 19. Jahrhundert seine Stadt strammstehen lassen, so fielen mir meine zeitgenössischen Städte vor Lässigkeit auseinander. Hatte der Wilhelminismus die Kunstgeschichte des Abendlandes geplündert, so zitierten mir meine Städte lustlos und gelangweilt die immer gleichen Kernparolen der Moderne. Hatte das »große« Berlin seine fragwürdige Geschichte gefeiert, so verschwiegen mir meine westdeutschen Städte peinlich verschämt den Umstand, dass es vor ihrer Wiederaufrichtung überhaupt menschliches Leben auf diesem Planeten gegeben hatte.

Welch fataler Effekt! War ich bislang mit meiner Gegenwart und ihren Fassaden stillschweigend einverstanden gewesen, so wurde ich über meine problematische Liebe zum alten Berlin allmählich einer, dem es nirgendwo mehr so recht gefiel. Wie typisch, ja, wie banal: Der unglücklich Liebende wird zum Misanthropen.

Und er wird ungerecht. Denn sicher hat die Architektur in Deutschland nach dem Zweiten Weltkrieg aus der Geschichte zu lernen versucht, sicher hat sie sich gedanklich an das anschließen wollen, was der Barbarei nicht verfallen war: eben an die Moderne und in ihrem Gefolge an die Fixierung auf das Individuelle, auf das Nicht-Normierte, auf das, was allen Tendenzen zur falschen Harmonie als schierer Gleichmacherei widerstehen sollte.

Nein, ich wollte und konnte mich nicht moralisch über meine Gegenwartsstädte erheben. Aber ich konnte sie auch nicht lieben! Und schuld daran war das Berlin des 19. Jahrhunderts. Meine unglückliche Liebe zu einem solchen Phänomen wie dem untergegangenen Lützowplatz wirkte gewissermaßen negativ katalysierend, wenn ich in der Stadtplanung der Nachkriegszeit immer wieder bloß eine Verwechslung von Freiheit mit Schlamperei, von Individualität mit Autismus und von Moderne mit Ausdrucksschwäche sah. Das Berlin von Wallot, Schwechten, Raschdorff, Grenander und Stahn, diese potemkinsche Stadt, hatte mich verdorben für die kargen Ehrlichkeiten und den gut gemeinten Individualismus der Nachkriegsstädte.

Ein kleines Beispiel dafür, wie die Gegenwart mich abstieß. Es geht um ein westdeutsches Vorstadtviertel mit gediegenen Villenbauten aus den Sechzigerjahren, das ich gelegentlich auf Spaziergängen durchquere. Besagte Villen folgten damals einer Vorstellung vom »schönen Haus«, die auch 20 Jahre nach Kriegsende noch eine allgemeine Vorstellung sein konnte, so allgemein jedenfalls, dass trotz individueller Gestaltung keines der Häuser seinen Nachbarn denunzierte oder verhöhnte.

Doch das ist seit einiger Zeit anders. Wenn die Häuser jetzt allmählich die Besitzer wechseln, dann nur, um abgerissen und durch Neubauten ersetzt zu werden. Diese Neubauten aber stehen alle auf einsamen

Stilinseln; wie architektonische Monaden unterhalten sie zu ihren Nachbarn allenfalls ein Verhältnis totaler Negation. Die Altansässigen nennen die Neubauten »Flakbunker«, »Gefriertruhe«, »Waldschlösschen« oder »Zauberwürfel«. Ihre eigenen Häuser und sich selbst versuchen sie hinter beeindruckenden Thujahecken zu verbergen.

So mutiert dieses Viertel allmählich zu einem Freilichtmuseum moderner und postmoderner Baustile. Über den Eklektizismus des alten Berlin geht es dabei weit hinaus, denn es fehlt ihm jede Intention zur Erschaffung eines Ganzen. Das Verhältnis von bebauter zu nicht bebauter Fläche, die Wahl der Baumaterialien, das Verhältnis von Höhe und Breite der Häuser – nichts von dem, was in den Sechzigerjahren aus den Straßen ein »Viertel« im emphatischen Sinne gemacht hatte, wird von den Neubauten beachtet. Keine Geste des Miteinanders, des Gemeinsamen, die bleibt. Im Gegenteil: Wurden im alten Berlin die verschiedenen Stile in eine äußerst problematische Harmonie gezwungen, so missachten sie hier einander offen. Allenfalls ironisieren sie sich, wenn sie sich nicht gar veralbern.

Manchmal versuche ich, mich in die Bauherren zu versetzen. Sie haben ein Vermögen dafür ausgegeben, um in einer 1 A-Lage zu wohnen. Aber eben dort lassen sie sich Häuser bauen, die zu allen ihren Nachbarn sagen: »Nein! So nun aber gar nicht!« Aus den Fenstern ihrer neuen Residenzen sehen also die stolzen Besitzer nur Häuser, die neben den ihrigen pusselig oder kalt, kitschig oder arrogant, langweilig oder überkandidelt wirken. Ich fürchte, bald wird jeder der neuen Hausbesitzer statt in einer 1 A-Lage in einer Gegend wohnen, die er im Grunde nur verabscheuen kann.

Man richte mich nun bitte nicht für dieses Beispiel! Ich sagte es schon: Wir Schriftsteller müssen dauernd von uns selbst auf andere, von unseren eigenen Wahrnehmungen auf das große Ganze schließen. Und so wie mir Berlin diese unglückliche Liebe zur Vergangenheit eingepflanzt hat, so ist mir nun einmal dieses Viertel zum Denkbild geworden für meine unglückliche Beziehung zur Gegenwart – jener Gegenwart, die ich doch, da ich ja nur die eine habe, so gern lieben würde.

Übrigens gehe ich immer noch durch Berlin. Die Bildbände lasse ich jetzt allerdings zu Hause. Ich versuche, das Erscheinungsbild der gegenwärtigen Stadt nicht mehr so wichtig zu nehmen. Ich strenge mich an, zu der freundlichen Ignoranz zurückzukehren, die mich einmal vor unglücklichen Lieben bewahrt hat. Doch es gelingt mir nicht so recht. Man kann sich vielleicht von der Hoffnung auf die Erfüllung einer Liebe verabschieden, nicht aber von der Sehnsucht. Die bleibt mir.

Es ist die Sehnsucht nach der Stadt als Sinnbild für die Versöhnung von Einzelnem und Gemeinschaft. In der Architektur einer solchen Stadt würden die Einzigartigkeit und die Unverwechselbarkeit des Individuums nicht allein in Chaos und Zufälligkeit ausgedrückt; zugleich würde die Realisation einer übergreifenden Idee nicht in Zwang und Terror ausarten. Meine Sehnsucht gilt einem Berlin des 21. oder vielleicht des 22. Jahrhunderts, dessen Fassaden nicht von der Geschichte gestohlen, sondern ein lebendiger Ausdruck der Gegenwart sind. Ich sehne mich nach einem Berlin, das erkennbar einen gemeinsamen Gedanken fasst oder eine gemeinsame Utopie formuliert, ohne damit gleich alle und alles zu erschlagen. Für dieses Berlin hätte ich immer noch jede Menge Liebe parat.

4

Bielefeld
oder:
Versuch über das mittlere Maß

Ich möchte mich jetzt einmal an einen Mitschüler erinnern, den wir alle gekannt haben. Es ist der, an den wir uns einerseits nur sehr vage, andererseits aber ganz gut erinnern. Vage nur erinnern wir uns, weil es an ihm eigentlich gar nichts Besonders gab, das uns hätte im Gedächtnis bleiben können. Doch genau deshalb erinnern wir uns heute so gut an ihn; denn es war ja niemand so unauffällig, niemand so frei von allen besonderen Merkmalen wie eben er. War dieser Mitschüler männlich, dann war er weder Macho noch Softi; war er weiblich, dann war er weder Sexbombe noch Mauerblümchen. Er war kein großer Sportler, fiel aber auch nicht durch besondere Tollpatschigkeiten auf. Er führte keine großen Reden, zettelte keine Streiche an, war aber auch kein Duckmäuser und keine Petze. Seine Noten waren nicht überragend, aber seine Versetzung war niemals gefährdet. Alles in allem war er ein prima Kerl, männlich oder weiblich. Aber eine einsame Insel hätte man mit ihm oder ihr nun wirklich nicht teilen wollen.

Sie wissen jetzt alle, welchen unserer Mitschüler ich meine. Nicht unwahrscheinlich, dass wir ihn am Abend unserer Schulentlassfeier zum letzten Mal gesehen haben. Er war ein bisschen angetrunken, benahm sich aber nicht daneben, und ganz kurz haben wir gedacht: Verdammt, vielleicht werden wir ihn jetzt doch vermissen. Aber wie gesagt, wir haben das nur ganz kurz gedacht, dann sind wir zu unserer Clique gegangen, haben uns schrecklich betrunken, fürchterlich danebenbenommen und nie mehr an den besagten Mitschüler gedacht.

Nie mehr, das heißt, sagen wir, zehn oder zwanzig Jahre lang. Oder eben so lange, bis es begann, dass uns diese Fülle von digitalen Erinnerungshilfen via Internet ins Haus getragen wurde. Seit geraumer Zeit bekommen wir ja alle unverlangt Post von Menschen oder Agenturen, die uns helfen wollen, zurück in unsere Kindheit zu reisen, um dort die vermeintlich besten Freunde zu treffen, die wir jemals hatten, vor allem natürlich unsere früheren Mitschüler. Selbstverständlich schlagen wir diese Angebote immer aus, das heißt: fast immer – aber »fast immer« heißt eben auch: manchmal nicht.

Nein, manchmal, in sentimentalen Momenten, da werden wir schwach. Dann klicken wir unsere alte Schule an und unser Abschlussjahr und geben vielleicht noch unseren richtigen Namen ein. Sogleich werden wir mit dem Angebot konfrontiert, all diejenigen, die wir seit dem Abend der Schulentlassfeier nicht mehr gesehen haben, als neue alte Freunde in den Arm nehmen zu können, jedenfalls digital. Und da wir uns solche Angebote ja, wie gesagt, nur in Momenten der Schwäche auf den Bildschirm holen, ist es ziemlich wahrscheinlich, dass wir, überflutet von Rührung, gleich auf sie eingehen. Und bevor wir uns versehen, haben wir irgendwo unsere Kreditkartennummer eingegeben, um Augenblicke später im Besitz einer Gold- oder Premium-Mitgliedschaft zu sein.

Und dann passiert es. Vor verschwommenen Porträts hebt sich eine digitale Jalousie, und dahinter erscheinen die verlorenen Freunde, die womöglich niemals unsere Freunde waren und infolgedessen gar nicht verloren gehen konnten. Sie erscheinen jetzt wieder, mit einem Foto ihres aktuellen Zustands sowie womöglich mit Kontaktdaten und einer Menge an Informationen über das Leben, das sie seit der besagten Schulentlassfeier gelebt haben.

Und nun möchte ich wetten: Immer ist ER dabei. Er, unser so gut erinnerter unscheinbarer, ja unbekannter Mitschüler, von dem ich eingangs sprach. Ich nenne ihn Carsten Bielefeld. Oder Jutta Bielefeld. Von mir aus auch Werner, Sven, Thomas Bielefeld oder Claudia, Brigitte, Sabine Bielefeld. Es ist der Mitschüler ohne Eigenschaften, der Schüler in der unauffälligen Mitte, der Mitteschüler, der auf spektakuläre Weise so frei von Merkmalen war, dass man ihn nicht einmal als durchschnittlich qualifizieren konnte.

Er oder sie wartet immer auf diesen Seiten. Als wartete er / sie darauf, dass wir ihm / ihr ins Netz gehen. Und wahrlich, wir gehen ihm / ihr ins Netz! Denn in dem Moment, in dem uns Carsten Jutta Bielefeld als 35- oder 53-Jährige/r aus dem Monitor anblickt, ist unsere Neugier geweckt und sogleich unersättlich geworden. Jetzt wollen wir es wissen:

Was ist bloß aus Bielefeld geworden?

So lautet ab sofort die wichtigste Frage, die wir an das Leben haben. All die Schicksale unserer anderen Klassenkameraden, deren Macken und Begabungen, deren Ticks und Beschädigungen wir so gut erinnern, lassen uns dagegen kalt. Dass der Leistungssportler heute Rheuma hat: Es ist bedauerlich, war aber auch irgendwie zu erwarten. Dass der Frauenheld als Erster Silberhochzeit feiern wird: Das hatten wir doch geahnt. Dass die aus gutem Hause nix auf die Reihe bekommen oder aber das elterliche Vermögen verzehnfacht haben: Nichts von beidem würde uns wundern. Der Vamp hat sieben Kinder: Na klar, was sonst? Die ewig Sitzengelassene regiert einen Konzern: Wen überrascht's? Der kleine Streber ist nichts geworden beziehungsweise steht kurz vor dem Nobelpreis: Das haben wir doch immer gewusst.

Aber: Was ist bloß aus Bielefeld geworden?

DAS interessiert uns. All diese Typen – sie haben Typisches oder Untypisches gemacht. Jeder hat die Rolle, die er mit 16 schon perfekt beherrschte, weitergespielt, mal mit dieser, mal mit jener mehr oder minder schicksalhaften oder wenigstens theatralischen Wendung. Was immer sie heute sind oder darstellen, wir können es uns irgendwie vorstellen. Irgendwie passt es zu ihnen, was immer es auch sei. Und wenn es nicht zu ihnen passt, dann passt das auch zu ihnen. Infolgedessen interessiert es uns auch gar nicht so sehr.

Aber was aus Bielefeld geworden ist, das möchten wir verdammt nochmal wissen. Denn aus Bielefeld kann doch eigentlich gar nichts werden, nicht wahr? Bielefeld fehlt das Zeug zu großen Taten ebenso wie zu Katastrophen. Bielefeld hatte doch damals noch gar nicht zu leben begonnen; Bielefeld befand sich in keiner Spur, auf keinem Gleis. Bielefeld war ein offenes Buch mit lauter unbeschriebenen Blättern. Ja, Bielefeld war ein uneingelöster, ein versteckter und mehr noch ein zerrissener, verlorener, ja, ein ungedeckter Scheck auf die Zukunft. Dass Bielefeld noch lebt, ja, das begreifen wir vielleicht noch, das freut uns auch, irgendwie, aber dass er ETWAS ist, dass er Eigenschaften hat und Eigenheiten und Einzigartigkeiten, das können wir uns einfach nicht vorstellen.

Und genau deshalb tun wir auch sofort, was wir noch vor ein paar Sekunden für ewig unmöglich und ausgeschlossen erachtet hatten: Wir klicken auf seine E-Mail-Adresse, und in das sich öffnende Kommunikationsfenster schreiben wir beziehungsweise dahinein schreibt sich wie ohne unser Zutun der Satz: Mensch, Bielefeld, was ist denn aus Dir geworden? Erzähl doch mal!

Die Eigenschaftslosigkeit gilt heutzutage als Fluch. Im Zeitalter des Branding und des Marketing scheint es für kein Ding und auch für keinen Menschen und natürlich auch für keine Stadt etwas Schlimmeres zu geben als das Fehlen des USP, des »Unique Selling Point«, des Alleinstellungsmerkmals oder wie immer man das nennt, was einen oder eine oder eines von allen anderen unterscheidet. Es ist heute für ein Ding, einen Menschen und natürlich auch für eine Stadt noch erheblich besser, etwas Schlimmes zu sein als gar nichts Bestimmtes. Besser schlimm als unkenntlich. Unkenntliche Menschen will niemand haben, um die Schlimmen reißen sich immerhin die Talkshows. Und lieber wohnt man in Harlem oder in der Bronx als in einem profillosen Irgendwo.

Wegen dieser Sucht nach dem Einzigartigen und dem Auffälligen und wegen unserer Verachtung des Unauffälligen sind wir nun auch leicht bereit zu glauben, dass Carsten und Jutta Bielefeld ein Leben führen, das, weil es so wenig besonders ist, auch traurig und eigentlich gar nicht lebenswert ist. Antworten sie dann auf unsere Mail und erzählen aus diesem Leben, sind wir wahrscheinlich verblüfft, wenn nicht gar erschrocken, wenn wir erfahren, dass sie mittlerweile etwas tun oder machen oder sind, das durchaus respektabel ist und sie als selbstständige und selbstbestimmte Menschen ausweist. Bis ins Mark erschüttert sind wir gar, wenn Carsten und Jutta Bielefeld den Eindruck erwecken, man müsse sie für glückliche Menschen halten. Und womöglich sind sie sogar glücklich, weil sie ihre Eigenschaftslosigkeit eben nicht als Fluch, sondern vielmehr als Segen empfunden, verstanden und genutzt haben.

Die Eigenschaftslosigkeit, so meine Vermutung, ist im Zeitalter von Branding und Marketing womöglich nicht nur ein Fluch, sondern auch ein Segen, wenngleich nur für den, der den Segen im Fluch erkennen kann. Denn die allgemeine Gier nach der Eigenschaft, die Gier nach Alleinstellungsmerkmalen ist längst so groß geworden, dass sie nur noch mit zweit- und drittklassigem Futter befriedigt werden kann. Da heute jeder etwas Typisches und Unverwechselbares braucht und davon am besten gleich eine ganze Menge, muss oft genug als typisch und unverwechselbar herhalten, was doch in Wahrheit Massenware oder gar billiger und nutzloser Ramsch ist. Die Sucht nach dem Unverwechselbaren, von dem es so viel auf der Welt gar nicht gibt, verführt dazu, noch das Landläufigste zur Sensation hochzujubeln. Steingut wird als Porzellan verkauft, Messing als Gold, ein Bart als Trend, ein Ball als Symbol, ein Liedchen als Sound, ein Mischgetränk als Sensation für die Sinne, ein Schwimmbad als Fun-Park, ein paar Kneipen als romantische

Altstadt, ein paar Läden als Shopping-Paradies, eine ganze Stadt als Erlebnisraum mit historischer Dimension.

Es findet heute überall ein Wettbewerb oberhalb der Superlative statt: Nicht mehr das Gute oder das Bessere zählt, und auch das Beste zählt nicht mehr, sondern nur noch das Einzige, das Einzigartige. Und das werden wir so weit treiben, bis schließlich alles auf der Welt ein USP ist, eine Monade, ein alleingestelltes Ding, ein alleingestellter Mensch, eine alleingestellte Stadt, absolut unverwechselbar – und infolgedessen absolut uninteressant, denn wenn einmal alles alleingestellt sein wird, dann wird sich niemand mehr für etwas anders interessieren als – für sich selbst.

Niemand? Nein, da muss ich mich korrigieren. Es gibt ja noch Thomas, Carsten, Jutta, Sven, Sabine, Werner und Brigitte Bielefeld. Unsere Mitschüler ohne Markenzeichen, Höchstleistung, Eintrag ins Guinness-Buch der Rekorde und USP. Die Bielefelds gibt es noch. Und die interessieren sich tatsächlich noch für die Welt, eben weil sie nicht ständig daran arbeiten, dass die Welt sich für sie interessiert. Staunend lesen wir die Nachrichten aus ihrem vermeintlich unspektakulären Leben. Und dabei beginnen wir endlich, endlich, sie zu vermissen.

»Wir sollten uns mal sehen«, schreiben wir ihnen zurück.

Und dann sagen wir uns: Auf nach Bielefeld!

5

Geisterstädte
oder:
Die Angst vor der Gegenwart

Lange, sehr lange lag mein letzter Schulabschluss zurück, da ging ich wieder einmal zur Schule – zur Hundeschule. Und was ich dort lernte, gab mir den Anstoß für das, was ich jetzt ausführen möchte. Unsere Hundetrainerin sagte nämlich, jeder Hund agiere nur aus zwei Beweggründen. Die seien: Gier – zum Beispiel nach Essen, Fortpflanzung und so weiter – und Angst. Wobei unsere Hundetrainerin meinte, das Verhältnis sei ungefähr 1 zu 9, also 10 Prozent Gier und 90 Prozent Angst. Lerne ich zu verstehen, wovor der Hund Angst hat, sagte unsere Hundetrainerin, dann lerne ich den Hund zu verstehen.

Und jetzt frage ich: Wovor haben Stadtverwalter, Stadtplaner, Infrastrukturspezialisten, Berater, Architekten und Soziologen Angst, wenn sie eine Tagung zum Thema »Qualität ohne Wachstum« veranstalten? Also im Wesentlichen eine Tagung darüber, was aus unseren Städten wird, wenn sie sich im Zuge des sogenannten demografischen Wandels nicht mehr als beständig wachsende, sondern möglicherweise sogar als schrumpfende Gebilde begreifen müssen. Wenn sich die Innenstädte entvölkern, wenn Läden schließen, wenn soziale und kulturelle Einrichtungen ihr Publikum und damit ihre Lebensgrundlage verlieren usw.

Ich weiß, die Veranstalter von Tagungen sprechen, wie die meisten Menschen, ungern aus, wovor sie Angst haben, obwohl die Angst möglicherweise auch in ihrem Leben 90 Prozent ausmacht. Lieber reden sie über die 10 Prozent Gier, die sie antreiben – Verzeihung, ich meine natürlich: die 10 Prozent Hoffnung, Vision, Planungssicherheit, Projektdesign,

Zukunftsentwicklung usw. Unsere 90 Prozent Angst packen wir ja alle lieber in einen alten Koffer und stellen den in den Keller.

Ich habe für die Angst der Veranstalter (die womöglich auch meine und unser aller Angst ist) nach einem guten Namen gesucht, und dabei bin ich relativ schnell fündig geworden. Wenn die Leute aus Innenstädten fliehen, wenn eine Stadt gravierend Einwohner verliert, dann ist schnell die Rede von der – richtig! – »Geisterstadt«.

Geisterstadt – was bedeutet das und woher rührt die Angst davor? Schauen wir ruhig einmal dorthin, wo mit unseren Ängsten sehr viel Geld gemacht wird, also ins Kino. Man kennt die einschlägigen apokalyptischen oder besser noch: postapokalyptischen Szenarien aus den Hollywood-Filmen. Es gibt Hunderte ihresgleichen, die von der negativen Attraktivität der entvölkerten Stadt zehren. Der Plot ist immer derselbe: Irgendeine globale, biologisch-chemisch-nukleare Katastrophe hat stattgefunden. Die meisten Menschen sind tot, der Müll türmt sich; wenn die Stadt überhaupt noch bevölkert ist, dann oft genug von wilden Banden oder gar Zombies, deren einziges Ziel es ist, die wenigen überlebenden Menschen zu töten und zu fressen.

Zombies, das fiel mir bei der Gelegenheit auf, sind übrigens so etwas wie das absolute Negativbild des modernen Stadtbewohners. Sie bilden keine Gesellschaft mehr, sie hegen und pflegen nichts, sie konsumieren nur noch – konsumieren in der Urbedeutung von »vernichten«. Um einen lebendigen Menschen zu jagen, reißen sie ein ganzes Viertel ab, und wenn sie nichts zu essen finden, verfallen sie in Lethargie. Zombies, so möchte ich sagen, sind die Inbilder der Ent-Zivilisierung.

Doch nun zu der Frage, ob es eine Art Urangst gibt, aus der sich diese Filme speisen? Sollte es, ganz naheliegend, die Angst sein, dass uns die Vernichtung in Form einer biologisch-chemischen oder einer nuklearen Katastrophe drohen könnte? Nun, wer sollte davor keine Angst haben! Spätestens seit dem ersten Einsatz einer Atombombe wissen wir, dass wir über die technischen Mittel verfügen, den ganzen Planeten zu vernichten. Hinzugekommen ist eine Angst vor den Spätfolgen der Technisierung. Die Bombe muss gar nicht hochgehen, es reicht schon der Schadstoffausstoß der technischen Geräte unseres friedlichen Alltags, um das Klima so zu verändern, dass es schließlich durch Naturkatastrophen zum gleichen, ja, zu einem noch höheren Grad der Vernichtung kommt.

Aber so recht befriedigt hat mich diese Antwort nicht. Rufe ich mir all die verfallenden und entvölkerten Städte aus den postapokalyptischen Filmszenarien in Erinnerung, dieses, darf ich sagen, untergangsverliebte

Schwelgen in Bildern vom Verlassen- und Aufgegeben-Sein, dann kann ich nicht recht glauben, dass dafür allein die Angst vor der nuklearen oder die Angst vor der Klimakatastrophe verantwortlich ist. Beide Ängste erscheinen mir dafür als schlicht und einfach zu jung. Eine solch wirkungsmächtige Urangst müsste meines Erachtens um einiges älter sein.

Ich bin daher auf meiner Suche nach den Wurzeln der Geisterstadt etwas weiter in der Geschichte zurückgegangen. Oder, um ehrlich zu sein, ich habe den Begriff einfach in die Internet-Suchmaschinen eingegeben. Mit Erfolg. Geisterstädte, so steht es etwa bei Wikipedia, sind zwar tatsächlich so etwas wie eine amerikanische Erfindung, aber nicht eine aus dem Hollywood des späten 20. Jahrhunderts. Die *ghost towns* sind etwa 100 Jahre älter. Gemeint sind damit Städte, die buchstäblich aus dem Boden gestampft wurden, um einem einzigen Zweck zu dienen. Meistens beherbergten sie Goldsucher, es konnte aber auch um andere Bodenschätze oder um temporäre Arbeiten gehen wie die an den großen Eisenbahnstrecken. Alle diese Städte waren so lange von Bedeutung, wie die Bodenschätze noch nicht ausgebeutet und die Trassen noch nicht gebaut und verbunden waren. Sobald dies geschehen war, wurden sie aufgegeben.

Geisterstädte gibt es überall auf der Welt, unlängst ist eine besonders imposante hinzugekommen, New Ordos in China, gebaut für 1 Million Einwohner, aber bislang nur von etwa 20.000 Menschen bewohnt. Das allgemein verbreitete Inbild der Geisterstadt aber liefern die amerikanischen *ghost towns*, die vornehmlich während des Goldrauschs und des großen Eisenbahnbaus im 19. Jahrhundert entstanden. Einige davon sind wunderbar erhalten und werden aufwendig konserviert, natürlich im bereits aufgegebenen Zustand.

Wir alle kennen sie, auch wenn wir noch nie eine besucht haben. Da rollen die vom Wind getriebenen Dornbüsche quer über die leeren (beziehungsweise nur von Touristen bevölkerten) Straßen. Die Türen und Fensterläden schlagen, die zerrissenen Vorhänge wehen. Betritt man ein Haus, dann steht vielleicht das Frühstücksgeschirr noch auf dem Tisch, erkennt man den vertrockneten Kaffee, und neben dem Teller liegt die Zeitung mit der Schlagzeile, die meldet, dass kein Gold mehr gefunden oder die letzte Lücke in der Eisenbahntrasse geschlossen wurde. Also können wir nachvollziehen, wie der Bewohner dieses Hauses noch während der Lektüre dieses Artikels schlagartig begriff, dass er hier nichts, aber auch gar nichts mehr zu suchen hatte. Dann stand er auf, nahm seinen Mantel und seinen Hut, packte vielleicht noch ein paar Sachen in den Koffer, verließ sein Haus und kam nie zurück.

Ich glaube, genau hier wurde unsere heutige Angst vor der Geisterstadt geboren. Die Angst, die uns befällt, wenn wir davon hören, dass die Bevölkerung in unseren Städten abnimmt, die Angst, dass die Schließung des Ladens an der Ecke nicht einem »normalen« ökonomischen Wandel geschuldet ist, sondern vielmehr Zeichen für einen allgemeinen Schwund und Rückbau.

Gehen wir der Sache etwas genauer nach. Was für Städte waren die *ghost towns*, bevor sie zu *ghost towns* wurden? Antwort: Es waren Städte ohne eine wechselvolle Geschichte mit allerhand Aufs und Abs, wie wir sie normalerweise von Städten kennen. Es waren vielmehr Städte, die auf einer einzigen Lebensgrundlage beruhten oder einem einzigen Zweck dienten. Sie zehrten von einer, ich sage jetzt einmal ganz wissenschaftlich: »temporären, ökonomisch implementierten Monokultur«. Das heißt, der »Grund« für die Anlage dieser Städte hatte nur sehr wenig mit dem zu tun, was jahrhundertelang Menschen dazu bewogen hat, Ansiedlungen zu beginnen, auszubauen und zu pflegen. Es ging nämlich nicht um Gegebenheiten, die dauerhaft menschliches Leben ermöglichen, wie Flüsse und Flussfurten, kreuzende Handelsstraßen oder natürlich vor allem fruchtbare Böden und günstiges Klima. Nein, es ging nur um eines: um Gold, Kohle, Diamanten oder Schienen. Plötzlich waren dann diese Städte da, ohne dass sie in einer langen Geschichte hatten beweisen müssen, dass sie ein guter, ein richtiger Ort für menschliches Leben sind.

Geschichte ist aber gerade das, was Städten dabei hilft, schwierige Wandlungen zu verschmerzen. Ich nenne dazu ein äußerst heikles Beispiel: Seit Jahren muss das gesamte Ruhrgebiet den Umstand verschmerzen, dass mit dem Bergbau und der Montanindustrie die einmal dominierende Erwerbsquelle beinahe zur Gänze weggefallen ist. Viele Menschen beschäftigen sich jetzt damit, diesen Lebensraum auf andere Grundlagen zu stellen. Die das tun, tun es, weil sie sich sicher sind: Das Wichtigste, das Nötigste wird uns doch bleiben. Das lehrt uns doch die lange Geschichte unserer Städte. Wir sind keine »One Trick Ponys«, sagen die Städte des Ruhrgebiets, wir sind überlebensfähige Einheiten, deren Charakter sich in der Geschichte durchaus ändern kann, ohne dass wir uns ganz verlieren. Also wird aus der Zeche ein Ort für Kultur und Tagungen.

Ich fürchte allerdings, dass ein solcher Optimismus aus längst vergangenen Zeiten stammt. Nämlich aus diesen langen Jahrtausenden, in denen eigentlich alle Menschen (und erst recht alle Dörfer und Städte) Selbstversorger waren. Wie lange hat in der Menschheitsgeschichte die Phase gedauert, in der wir praktisch alle Bauern waren! Die Arbeitsteilung erstreckte sich damals nur auf das engste Umfeld. Was man nicht selbst herstellte, aber brauchte, gab es gleich nebenan. Doch dann kam die Technisierung. Bislang hatten alle und alles im Wesentlichen vom Wetter abgehangen; jetzt hing fast jeder von jemand anderem ab. Spätestens im 19. Jahrhundert wurden wir eine Gesellschaft von Abhängigen. Auf der anderen Seite gab uns das die Möglichkeit, Ansiedlungen zu gründen, die allein aus sich heraus überhaupt nicht lebensfähig gewesen wären, weil sie nur auf einer einzigen ökonomischen Grundlage basierten.

Zum Beispiel Potosí – eine Stadt in Bolivien, die im 16. Jahrhundert rund um den dortigen Silberbergbau errichtet wurde. Potosí liegt so hoch in den Anden, dass man nicht einmal Lebensmittel anbauen könnte, wenn man wollte. Nur etwa 30 Prozent der Bevölkerung arbeiten im Bergbau, viele andere sind damit beschäftigt, alles Lebenswichtige von außen in die Stadt zu bringen.

Wenn es aber diese Möglichkeit gibt, menschliche Ansiedlungen mit »künstlicher Ernährung« am Leben zu halten, dann besteht auch immer die Gefahr, dass den Bewohnern urplötzlich »der Himmel auf den Kopf fällt«. Irgendjemand hat an einer einzigen ökonomischen Schraube gedreht, ein einziger Hebel im komplexen System der Wirtschaft wurde umgelegt. Das kann ganz anderswo passieren: Fällt aus irgendwelchen Gründen der Weltmarktpreis für Silber – dann ist Potosí in Gefahr. Das ist in seiner Geschichte bereits mehrmals geschehen. Fällt der Silberpreis unter einen bestimmten Punkt, dann wird Potosí eine Geisterstadt.

Und jetzt komme ich zu meiner zentralen These: Die Angst vor den Geisterstädten ist meines Erachtens eine so populäre Angst, weil wir, bewusst oder unbewusst, erfassen, dass alle unsere Städte Geisterstädte sind. Geisterstädte *in nuce* oder auf Abruf. Denn unsere Städte versorgen sich ja längst nicht mehr selbst, sondern sind vollkommen angewiesen auf ein komplexes Geflecht von Versorgern. Selbst die Bauerndörfer könnten nicht einmal ihr schieres Überleben garantieren, denn der Dünger und die Ersatzteile für die Traktoren kommen aus Übersee, ein Großteil der Nahrungsmittel stammt von ganz anderswo, von der Stromversorgung ganz zu schweigen, um nur einige Beispiele zu nennen. Die ökonomische Vernetzung unserer Lebensbereiche ist absolut universell und global geworden. Stattdessen geht die Tendenz zur Spezialisierung. Die »Autostadt« Wolfsburg ist dafür ein besonders prominentes Beispiel unter vielen anderen.

Das heißt aber auch: Wenn irgendwo auf dem Erdball an einer Schraube gedreht wird, kann damit an einer ganz anderen Stelle die ökonomische

Grundlage ganzer Städte oder Regionen so gefährdet oder gar vernichtet werden wie in Potosí, als der Silberpreis fiel, oder eben im Ruhrgebiet, als anderswo die Stahlproduktion zu geringeren Preisen möglich wurde. Und dann werden aus unseren fälschlicherweise so autark erscheinenden Städten Geisterstädte wie die am Klondike River, als man dort kein Gold mehr fand.

Ich glaube, unsere Angst vor der Geisterstadt, die ausbricht, sobald irgendwo eine Ladenstraße nicht mehr floriert oder wenn bei der Pleite eines großen Kaufhauses nicht gleich der nächste Global Player auf der Matte steht – diese Angst beruht auf unserem Wissen oder unserer Ahnung, dass alle unsere modernen Lebensgemeinschaften nicht mehr aus sich selbst heraus lebensfähig sind, sondern von Faktoren abhängen, die wir längst nicht mehr kontrollieren. Die schlimmste Geisterstadt ist die in unseren Köpfen!

Dabei, ich wiederhole es, ist die Angst vor der Geisterstadt nur allzu berechtigt. Arbeitsteilung, Spezialisierung, die raschen Veränderungen der globalen Ökonomie, dazu speziell bei uns das Älterwerden der Gesellschaft – das alles droht unsere Städte zu Geisterstädten zu machen. Und nicht einmal ein Zauberkraut scheint mir dagegen gewachsen. Man macht aus einer Stahlstadt nicht im Handumdrehen eine Silikonstadt. Wahrscheinlich müssen auch wir hier in Deutschland zunehmend mit dem Phänomen leben, dass Stadtteile oder Städte schrumpfen, womöglich sogar aufgegeben werden. Kein noch so intelligentes Quartiersmanagement wird Menschen an Orte locken, an denen es keine Arbeits- und Verdienstmöglichkeiten mehr gibt. Wir werden mit einer neuen Landflucht leben müssen. Eine tausendjährige Geschichte zu haben, bedeutet nicht, dass die Zukunft gesichert ist.

Ich glaube, eine der wichtigsten Maßnahmen, dieser Entwicklung zu begegnen, ist die, ihr den Schrecken zu nehmen, so weit das eben möglich ist. Zur Geschichte der Menschheit gehören ebenso wie die Sesshaftigkeit der Aufbruch und die Wanderung. Die weltpolitischen Ereignisse der vergangenen Jahre machen das mehr als deutlich. Eine abgeklärte, auf das Sinnvolle und Machbare konzentrierte Haltung demgegenüber stünde uns gut an. Die Furcht vor Geistern stört.

6

Bodensätze
oder:
Ein kurzer Versuch über den Grund

Wenn ich es recht bedenke, dann habe ich bis zu meinem 38. Lebensjahr die allermeiste Zeit grund- und bodenlos gelebt. Ich bin zwar in einem Dorf geboren, gewohnt habe ich die ersten zehn Jahre in einem Neubau zwischen alten Bauernhöfen, und ich erinnere mich sogar, im Herbst auf Erntemaschinen gefahren und einmal sogar in eine Jauchegrube gefallen zu sein. Allerdings habe ich in dieser Kindheit den Boden gemieden, wo es nur ging. Als meine Eltern in eine Neubausiedlung zogen, war meinem Umgang auf und mit ihm vollends ein Ende gesetzt.

Und wie habe ich dieses Ende begrüßt, wenn nicht gar herbeigesehnt! Ich war Ende der Sechzigerjahre noch ein Junge, keineswegs griff ich damals aktiv in die Gestaltung meiner Umwelt ein; aber im Herzen oder in der Seele war ich ein Befürworter jener Bodenversiegelung, die man damals mit geradezu missionarischem Eifer betrieb. Denn der Boden, das war in meiner Kindheit die Generalmetapher für den Anspruch, den neben meinen Eltern insbesondere die dörfliche Gemeinschaft an mich stellte, eine Metapher für einen höchst drängenden Anspruch, der lautete: Du musst ein richtiger Junge sein.

Richtige Jungen aber leben auf und mit dem Boden. Was immer sie tun, diese richtigen Jungen, es ist gewissermaßen geerdet – und als Beweis dafür kehren sie jeden Abend erdig nach Hause, sprich mit Krusten getrockneten Lehms über den Schürfwunden an Knien und Ellenbogen, mit Staub im Haar und mit Erde und Sand in allen Taschen und Aufschlägen.

Ich will nicht übertreiben, aber die richtigen Jungen in meiner Nachbarschaft, Söhne von Bauern oder zumindest Söhne von Söhnen von

Bauern – sie kamen mir, der ich im ersten Stock unter schrägem Dach lebte, tatsächlich wie Erdmenschen vor, wie Bodenbewohner. Ihr Daseinsgrund war der Grund, als Grundbesitz der Familie im Großen und als permanent tiefschwarzer Erdrand unter den Fingernägeln im Allerkleinsten.

Ich aber machte mich einfach nicht gern schmutzig. Schlamm, Morast, Sand, der rote Splitt auf dem Pausenhof und der von Schafen kurzgefressene Rasen des Bolzplatzes – aller Boden war mir gleichermaßen zuwider. Im Gegensatz zu allen meinen Klassenkameraden in der Volksschule schien mir der intensive, ja geradezu intime Kontakt mit dem Boden eine grundlose Betätigung zu sein. In der Nähe des Bodens fühlte ich mich gleich am Boden. Ich war, obwohl an einem Ort geboren und aufgewachsen, der sich seit der Vorvorkriegszeit nicht wesentlich verändert hatte, ein Kind des Zeitalters der künstlichen oder, wie man so poetisch sagt, der Kunst-Stoffe. Wenn es nach mir gegangen wäre, dann hätte der Boden um mich herum ausgesehen wie eine riesige Lego-Platte: einheitlich grau und mit regelmäßigen Noppen für den sicheren Halt der passgenau geformten Bausteine meines Lebens.

Wie habe ich daher die Neubausiedlung mit ihren Asphaltstraßen und den mit sicherem Waschbeton versiegelten Terrassen begrüßt! Und wie habe ich später überhaupt alle Böden begrüßt, die mich vor dem Boden schützten: das alte Parkett in der Schule, das nach Bohnerwachs und Notenangst und Langeweile roch, und das Linoleum in der Turnhalle, das nach Feldaufschwung und Sehnsucht und ebenfalls nach Langeweile roch. Bis zum Ende meiner Schulzeit konnte mir jeder natürliche Boden, aller Lehm und Sand, selbst wenn er grün überwachsen war, von Herzen gestohlen bleiben.

Dann allerdings folgte in meinem Leben ein kurzes Intermezzo erneuter Bodenhaftung, besser: Bodenverhaftung. Ich wurde nämlich, eher unfreiwillig, Soldat, genauer: Pionier. Und als solchem kam mir der Boden so nahe, wie er es noch nie zuvor getan hatte. Er hieß übrigens, wenn ich mich recht entsinne, Scharpenacken oder ähnlich; im Sommer meiner Grundausbildung war er entweder ausgedörrt und härter als Beton oder aber aufgeweicht zu Schlamm. Drei Monate lang bewegte ich mich beinahe täglich über diesen Boden, meistens in etwas, was das Militär scherzhaft die vierte Gangart nennt, also kriechend. Oder aber ich grub mich tief in diesen Boden hinein. Dabei war der Boden stets überzogen von einer Schicht mehr oder minder frischen Schafskots. Ich erspare Ihnen und mir weitere Einzelheiten. Nach drei Monaten ging diese Bodenverhaftung glücklicherweise zu Ende; ich bekam, meiner Mentalität und meinen Fähigkeiten entsprechend, wieder Parkett unter die Füße und bediente, obgleich immer noch als Pionier angeredet, das restliche Jahr meiner Dienstzeit statt eines Klappspatens eine Schreibmaschine. Sie hieß *Triumph*, und ein solcher war sie auch.

So weit meine Bodenkarriere bis zu dem schon angesprochenen 38. Jahr. Da zogen wir nämlich in ein Haus, und zu dem Haus gehörte ein Garten. Ich erinnere mich noch gut an meine ersten Wochen als Pächter von Grund und Boden. Offenbar hatte ich in den 20 Jahren, die seit meiner Bundeswehrzeit vergangen waren, meine Grund- und Bodenfeindlichkeit so weit abgelegt, dass ich mich mit einer gewissen Leidenschaft an die Bearbeitung dieses Gartens machte. Wenngleich – um es vorwegzunehmen – mit sehr mäßigem Erfolg.

Nach 38 Jahren und nachdem ich bereits ein paar Bücher geschrieben hatte, betrachtete ich vermutlich auch den Grund als Text, also als etwas, das sich nach meinem Willen formen ließ. Immerhin haben Texte und Böden ja einiges gemein: In beiden gibt es Oberflächen, die die Sinne gefangen nehmen; und es gibt eine Tiefe, in der sich bisweilen unsichtbar das Wichtigste aufhält oder abspielt. Also war ich, der ich gerade begann, mich ernsthaft und möglichst für immer als Schriftsteller zu verstehen, doch eigentlich der geborene Garten- und Bodenfreund.

Dachte ich jedenfalls. Der Boden aber dachte nicht daran, meinen schönen Metaphern mit seiner Wirklichkeit entgegenzukommen. Der Boden hinter unserem Haus hatte offenbar seinen eigenen Kopf. Er hatte zum Beispiel beschlossen, ein Waldboden zu sein, wahrscheinlich angesichts der vielen Tannen, Fichten und Kiefern, die den Garten säumten.

Waldboden aber trägt keinen Rasen. Und ich, der ich wohl doch eher ein Rasenbesitzer als ein Grundbesitzer sein wollte, sprich der Benutzer einer größeren Fläche begehbarer Zierpflanzen, ich biss mir in den nächsten Jahren am Eigensinn meines Bodens meine sowie die Zähne verschiedener Werkzeuge aus. Ich habe diesen Boden zuerst mühsam selbst vertikuliert und später motorbetrieben vertikulieren lassen, ich habe ihn gedüngt und besät. Anfangs tat ich das mit dem gleichen Vertrauen ins Gelingen, mit dem man grüne Farbe auf eine graue Wand streicht, um anschließend eine grüne Wand zu haben. Später tat ich es mit der Wut eines jungen Schachspielers, der weiß, dass keine seiner Provokationen intelligent genug ist, um seinen Gegner, einen alten Großmeister, aus dessen erfolgreichen Routinen zu werfen.

Doch diese Zeit ging vorüber. Später sah ich dem Boden hinter und neben dem Haus nur noch ergeben dabei zu, wie er sich der letzten Reste des Rasens entledigte. Ergeben sah ich zu, aber auch dankbar; denn statt des Rasens wuchs beinahe flächendeckend eine Art Moos, dichter als es das Gras jemals gewesen war, ebenso grün und schon aus geringer Entfernung eigentlich nicht von einem Rasen zu unterscheiden. Was sage ich: Rasen! Von der Straße aus ähnelten große Teile unseres Gartens einem Golfplatz-Green.

Sehr ähnliche Geschichten aus meinem Garten könnte ich noch einige erzählen. Zum Beispiel von einem Kraut, dessen Name ich nicht kenne (und nicht kennen will). Es ließ sich immer so leicht ausreißen, als wollte es gar nicht im Boden bleiben. Doch der Eindruck trog, das Kraut log. Es wuchs beständig nach, nie konnte ich es länger als ein paar Wochen zurückdrängen. Schließlich gab ich es auf, ließ den Teil des Gartens verwildern, worauf eine angrenzende Efeukultur das namenlose Kraut überwucherte und für immer tötete.

Aber ich will gar keine weiteren Geschichten erzählen, sondern lieber die Frage beantworten, die Sie wahrscheinlich schon seit einigen Minuten bewegt, die Frage nämlich, warum in aller Welt ich Sie mit der Geschichte meiner Bodenfluchten und Bodenniederlagen behellige.

Und ich antworte gern: Weil ich mich nämlich für durchschnittlich halte. Vielleicht nicht in absolut allen meinen Eigenschaften und Vorlieben und nicht in allen meinen Arten der Lebensführung – sicher aber in meiner Alltagsauffassung von Umwelt. Durchschnittlich bin ich in meinem Alltagsumgang mit der sichtbaren und erlebbaren Natur, insbesondere mit der unter meinen Füßen.

Und dieser durchschnittliche Grund-und-Boden-Bewusstseinsalltag, für den ich mich hier als Beispiel präsentiert habe – er ist durch und durch zwiespältig. Das sagt uns schon die Sprache selbst! Sie werden es natürlich bemerkt haben: Ich habe bei der Beschreibung meiner Bodenkarriere einen recht üppigen Gebrauch von der handelsüblichen – nein, ich sage besser: von der landläufigen Metaphorik der Worte »Grund« und »Boden« gemacht. Beide sind sie in ihren vielen Verwendungen fast immer doppeldeutig oder doppelt deutig, das heißt: Sie stehen einerseits für den Boden, für den die Fachleute etliche präzise Fachbegriffe kennen; andererseits verwandeln sie Hektare, Kubikmeter oder winzigste Mengen von natürlicher Substanz in philosophische Abstraktionen.

Dabei herrscht zwischen den beiden Worten offenbar eine gewisse Arbeitsteilung. »Grund« ist die Vokabel, die immer auf dem Sprung dorthin ist, wo »Recht« und »Sinn« sich aufhalten. Oder anders: Der Grund ist die Basis des Sinns und des Rechts. Was wir als Einzelne oder als

Gesellschaft tun, es muss begründet sein, um sinnvoll oder rechtmäßig zu sein. Das Grundlose ist immer das Haltlose als das Irrationale. Außerdem sollen wir, was wir tun, gründlich tun oder bedenken. Ist etwas so gut oder schlecht, dass es als Muster des Guten oder Schlechten dienen kann, so nennen wir es grundgut oder grundschlecht. Und wenn einer, Köpfchen in das Wasser, Schwänzchen in die Höh', nur gelegentlich den Dingen auf den Grund geht, eigentlich aber im Trüben fischt, so heißt das abwertend: gründeln.

Während also der »Grund« so viel Gedankenlast zu tragen hat, übernimmt der »Boden« eine unangenehme, aber wesentlich alltagsnähere Spracharbeit. Hören Sie nur einmal dem Unterschied zwischen »grundlos« und »bodenlos« nach. Das »Grundlose« ist das moralisch oder philosophisch Abzulehnende, das »Bodenlose« hingegen ist das sich selbst Disqualifizierende; wir kennen es daher auch hauptsächlich als die bodenlose Frechheit oder die bodenlose Gemeinheit.

Die wesentliche Sprach- oder Metaphernarbeit von »Boden« besteht nun darin, dem Umstand Ausdruck zu geben, dass wir alles zu verachten geneigt sind, auf dem wir stehen und das wir also gewohnheitsmäßig mit Füßen treten. Und deshalb gibt es zwar die Bodenständigkeit als die erwünschte Sesshaftigkeit und die Bodenhaftung als die nicht nur technische, sondern auch geistige Erdung. Doch andererseits ist der Boden als das Niedere, ja als das Niedrigste, der metaphorische Ort der intellektuellen wie insbesondere der sozialen Erniedrigung. Zu Boden gehen, am Boden liegen, am Boden zerstört sein und – ganz besonders schlimm und immer mit einer gefährlichen Tendenz zur Diskriminierung: der Bodensatz.

Gehe ich jetzt zu weit, wenn ich aus dieser in Metaphern und Redewendungen verwahrten Bodenscheu den oft so verheerenden Umgang des Menschen mit dem real existierenden Grund und Boden ableite? Natürlich gehe ich zu weit, aber ich muss als Schriftsteller bleiben, was ich einmal kurzzeitig war, nämlich: Pionier. Und sei es: Pionier bei der Erforschung des Alltags- oder des Durchschnittsbewusstseins. Und als solcher sage ich: Wer – natürlich aus den allerbesten Gründen – die Vernachlässigung, die Verunreinigung, die Vergiftung oder die Versiegelung unserer Böden beklagt, der darf nicht vergessen, dass ein Teil des menschlichen Strebens nach Zivilisation der Kampf gegen den Boden ist.

Sie kennen die alte Frage: Was war eher da – die Henne oder das Ei? Ich frage jetzt einmal anders: Was war eher da – die befestigten Straßen oder die Unfähigkeit des Menschen, barfuß zu gehen, ohne sich seine weichen Fußsohlen böse zu verletzen? Nun, kennt jemand die Antwort? Ich kenne sie nicht. Aber ich kenne all die künstlichen Böden, auf denen unsere Zivilisation gegründet wurde: Die Fußböden innerhalb der Häuser und Wohnungen, auf denen das Mobiliar einen sicheren Halt findet. Die Wege und Straßen, die den Handel und den kulturellen Austausch ermöglichen. Die befestigten Plätze, auf denen gesellschaftliches Leben auch bei widrigen Wetterbedingungen stattfinden kann. Und natürlich die Böden, auf denen – ganz anders als in dem Garten hinter unserem Haus – genau das wächst, was der Bauer dort wachsen sehen will, damit er und die Seinen zu essen haben. All diese Domestizierungen von Boden, ja diese Akte des Zum-Verschwinden-Bringens des natürlichen Bodens, sie legen den Grund für unsere Zivilisation, sie sind »grundlegend« in einer Art und Weise, dass zwischen die sachliche und die metaphorische Bedeutung dieses Wortes kein Grashälmchen mehr passt.

Was Wunder also, wenn die Zivilisation als eine fortschreitende Beherrschung des Bodens eine Art Bodenangst hervorgerufen hat, mit der mancher moderne Mensch heute auf die Welt kommt wie das Kaninchen mit der Angst vor dem Fuchs. Ein Beispiel dafür: Bekannt ist die Entrüstung, mit der regelmäßig Menschen gegen ihre Nachbarn vorgehen, weil die ihren Garten dazu gebracht haben, gar kein Garten mehr zu sein, sondern ein Biotop, sprich ein Stück Boden, von dem seine Besitzer glauben, es sehe genau so aus, wie die Natur es wollte, hätte man ihr freien Lauf gelassen. Ich will mich hier nicht über die rührende Naivität der Biotop-Besitzer mokieren. Ich gönne jedem sein Biotop, man sollte es aber vielleicht Bio-utop nennen, das träfe es besser. Mich interessiert hier vielmehr der Kampf des Reihenhausbewohners gegen den Biogarten seines Nachbarn als Ausdruck der allgemeinen zivilisatorischen Beflissenheit um ein möglichst flächendeckendes Zähmen und Versiegeln und damit letztlich um ein Zum-Verschwinden-Bringen des Bodens.

Dabei wird neben der alternativen Gartenkunst auch die moderne Medizin und insbesondere die Wellness-Industrie gar nicht müde, uns zu versichern, wie wohltuend ein Kontakt mit dem naturbelassenen Boden sei. Das Barfußlaufen über den Sand, so heißt es, helfe dem Rücken, eine richtige und schmerzfreie Haltung einzunehmen; und eingepackt in heißen Schlamm entspanne sich unsere vom Stress des Alltags verkrampfte Muskulatur. Das stimmt wahrscheinlich auch, und viele Tausend Menschen praktizieren einen solch therapeutischen Umgang mit dem Boden. Doch seien wir ehrlich: Sie tun es nur zu bestimmten und besonderen Zeiten und in bestimmten Reservaten, sie tun es unter

Aufsicht, und sie stehen in der akuten Gefahr, sofort damit aufzuhören, wenn die Krankenkasse sich weigert, die Kosten zu übernehmen.

Ich glaube übrigens, dass es nicht zuletzt der Zweite Weltkrieg war, der seine Überlebenden zu einer besonders rabiaten Domestizierung des Grundes stimulierte. Mit Bomben und Granaten hatte er den Boden so hässlich aufgerissen und durchwühlt und sogar die Städte wieder dem Erdboden gleichgemacht. Der Schriftsteller Ludwig Harig erzählt in seinem Roman *Ordnung ist das ganze Leben* von seinem Vater, einem zweifach Kriegsüberlebenden und innerlich gebrochenen Menschen. Dessen größtes Vergnügen war es in der Wirtschaftswunderzeit der Fünfzigerjahre, praktisch seinen kompletten Grundbesitz mit selbst angemischtem Beton zu bedecken. Im Roman mutet das an wie das permanente Versiegeln eines Grabes der Geschichte, als das der Boden gewissermaßen immer offen daliegt.

Nun, ich weiß natürlich, dass heute fast alle Menschen jede Bestrebung zum Schutz, zur Erhaltung und zur Gesundung des Bodens auf Befragen lebhaft unterstützen würden. Es gibt hierzulande zwar immer noch Mitbürger, die Altöl neben den Komposthaufen schütten, aber es gibt keine mehr, die das ohne schlechtes Gewissen tun. Der Umweltschutz ist in allen seinen Facetten vielerorts bereits eine Art Ersatzreligion geworden, zu deren Glaubenssätzen man sich lautstark bekennen kann, auch ohne ihre Rituale zu vollziehen und ihre Gebote zu befolgen. Aber Umweltschützer und Umweltspezialisten sollten sich durch diesen im Gewand des guten Willens daherkommenden Opportunismus nicht täuschen lassen! In allen verbalen Bodenschützern steckt das Zivilisationstier, dessen heißester Wunsch es ist, sich so weit wie möglich vom Boden zu erheben. Und dieses Zivilisationstier nickt zwar eifrig, wenn naturbelassene und eben deshalb blühende Landschaften gepredigt werden; doch in seinem Inneren stellt es sich den Boden so vor, wie er ihm am liebsten wäre: als sauber und fugenlos asphaltierte Startbahn, von der man abheben und fliegen könnte, hoch in den Himmel eines endlich vollkommen grund- und bodenlosen Biotops über den Wolken. Oder anders gesagt: zu einem Ort, an dem niemand mehr zehnjährige Jungen dazu zwingen kann, sich schmutzig zu machen.

GENTRIFICK
BIO COMPANY

7

Soziale Atome
oder:
Die Gesellschaft des 21. Jahrhunderts

Schriftsteller sind keine Fachleute im landläufigen Sinne. Ich gehe sogar noch einen Schritt weiter und sage: Schriftsteller sind das Gegenteil von Fachleuten. Oder anders formuliert: Wenn sie Fachleute sind, dann allenfalls für nichts Spezifisches – was dann andererseits wieder bedeutet: Sie sind Fachleute für alles.

Das soll jetzt kein Kalauer sein. Ich sehe einen wesentlichen Teil meiner Aufgabe als Schriftsteller darin, mich um das zu kümmern, worum sich kaum noch jemand kümmert: nämlich um das große Ganze, um die allgemeine Bewusstseinslage meiner Gegenwart. Ich schreibe darüber zwar nicht wie ein Soziologe oder ein Sozialpsychologe oder ein Politologe das tun würde, und ich schreibe auch nicht darüber wie ein Marketingfachmann. Aber was immer ich schreibe, es ist geprägt von meiner Sicht auf das, was mich täglich umgibt. Die Figuren, die ich in meinen Romanen und Erzählungen erfinde, sollen zwar einen möglichst unverwechselbaren Charakter haben; doch zugleich sollen in ihnen und ihrem Tun wichtige und bestimmende Züge der Gegenwart erscheinen.

Das ist natürlich immer eine Gratwanderung. Eine literarische Figur, die für nichts steht als für sich selbst, empfinde ich als irrelevant. Doch genau so wenig interessieren mich Figuren, die nur Abziehbilder des Zeitgeistes sind. Nach meiner Überzeugung gilt es zwischen beidem die Mitte zu halten, damit ein literarisches Werk entstehen kann, das den Leser zum Nachdenken über den Zustand seiner Gegenwart anregt.

Nun soll das hier kein literaturwissenschaftlicher Grundlagen-Essay werden. Ich wollte nur verdeutlichen, dass ein wesentlicher Teil meiner

Arbeit als Schriftsteller durchaus der Arbeit eines Marketingfachmanns oder eines Politikers ähneln kann, wenn es etwa darum geht, sich Gedanken darüber zu machen, in welcher Gesellschaft wir heute leben. Gut, meine Arbeit als Autor besteht dann eher darin, diese Gesellschaft darzustellen, während die Arbeit des Marketingfachmanns oder des Politikers darin mündet, den Bedürfnissen dieser Gesellschaft entsprechend zu agieren. Aber unser Ausgangspunkt ist derselbe. Er lautet: Wo genau leben wir jetzt eigentlich? Und was bedeutet »jetzt«?

Dabei wissen wir alle, wie schwierig es tatsächlich ist, den aktuellen Zustand der Gesellschaft einzuschätzen. Das liegt einerseits daran, dass nichts so kompliziert ist wie die Gegenwart. Mittendrin in etwas zu sein, bedeutet eben nicht unbedingt, den Überblick zu haben. Oft ist das Gegenteil der Fall. Und wenn wir uns dann vielleicht ein Bild vom gegenwärtigen Leben gemacht haben, so wird dieses Bild von der Wirklichkeit gleich überholt und zurückgelassen. Wir leben nun einmal in einer verdammt schnellen Zeit, und manchmal kommen wir unserer eigenen Gegenwart kaum hinterher.

Dazu kommt, dass es ja keineswegs nur das eine Bild, die eine aktuelle Vorstellung von der Gegenwart gibt. Tatsächlich sind wir oft gezwungen, mit älteren Bildern zu arbeiten. Das liegt daran, dass die alten und womöglich bereits unzutreffenden Bilder noch immer von vielen Menschen geteilt werden. Wenn ich zum Beispiel meine 90-jährige Mutter besuche, so muss ich mich darauf einlassen, mit ihr über das, was ihr wichtig ist, so zu reden, als lebten wir im Jahr 1970; denn ungefähr damals hat sie aufgehört, ihr Bild von der Welt der Gegenwart anzupassen. Und irgendwann werden wir alle an den Punkt in unserem Leben kommen, von dem ab wir unsere Überzeugungen und Sichtweisen nicht mehr ändern möchten, ja, nicht mehr ändern können. Meine Tanzstundenfreundin Marianne zum Beispiel habe ich im Verdacht, dass sie einen gewissen Modestil, den sie Ende der Achtzigerjahre übernommen hat, nie mehr ablegen wird. Damals konnte sie damit als junge Geschäftsfrau einiges Aufsehen erregen, bei ihren Töchtern aber gilt ihr Kleidungsstil mittlerweile als archäologisch. Allerdings scheint Marianne momentan Glück zu haben, ich habe mir nämlich sagen lassen, die unsäglichen breiten Schulterpolster kämen wieder zurück; da müssen dann ihre Töchter, ob sie wollen oder nicht, demnächst das Gleiche tragen wie die Mutti.

So kommt es im Alltagsleben immer wieder zu Überlagerungen der verschiedenen Welt- und Gesellschaftsbilder und infolgedessen zu Ungleichzeitigkeiten und Missverständnissen. Wann immer zum Beispiel ein paar Entscheidungsträger aus Politik und Verwaltung zusammensitzen und herausfinden wollen, was denn für eine Stadtgesellschaft interessant und attraktiv ist, gibt es schon sehr bald mindestens ebenso viele Meinungen wie Anwesende. Würde man in gleicher Runde versuchen, sich über die Welt der Eltern oder der Großeltern zu einigen, wäre das viel einfacher, ja würde beinahe zu einer Orgie des Einvernehmens führen. Die Gegenwart aber ist immer das Unübersichtlichste.

Ich bin nun allerdings der Überzeugung, dass die Schwierigkeiten bei der Einschätzung der Gegenwart und beim Zur-Deckung-Bringen der individuellen Weltbilder nicht immer gleich groß sind. Es gab und gibt »einfachere« Phasen der Bewusstseinsgeschichte, und es gibt schwieriger zu durchschauende. Und im Moment, so meine Überzeugung, leben wir in einer ausgesprochen schwierigen Phase, die von Ungleichzeitigkeiten und Übergängen geprägt ist.

Doch ich will gleich Schluss machen mit der Theorie. Als Schriftsteller habe ich nun mal einen Hang zum Konkreten. Und daher möchte ich Sie mitnehmen in eine Stadt, die ich erfunden habe, um an ihr einige bestimmende Züge der Gegenwart vorstellen zu können. Ich nenne diese Stadt der Einfachheit halber Neustadt. Nur so viel noch zu Neustadt: Da ich es aus meiner eigenen Erfahrung zusammengebaut habe, liegt es wohl im alten Westen der Bundesrepublik, in seinem Jetztzustand aber kann es auch stellvertretend für einige Städte in den neuen Bundesländern stehen.

Besonders interessieren mich an Neustadt zwei Stadtteile: das innerstädtische Viertel um den Schillerplatz und die Neubausiedlung Stapelfeld, die in den frühen Sechzigerjahren errichtet wurde.

Lassen Sie mich meinen Stadtrundgang am Schillerplatz beginnen. Das Viertel wurde um 1890 gebaut; in den hohen Gründerzeithäusern residierten in den ersten Jahrzehnten Ärzte, Rechtsanwälte und höhere Beamte. Als typisches Gründerzeitviertel war es aber auch durchsetzt von Geschäften, kleinen Betrieben und schlichteren Wohnungen in den Hinterhäusern. Im Gegensatz zum Bereich um den Bahnhof und die Haupteinkaufsstraßen wurde die Gegend um den Schillerplatz im Zweiten Weltkrieg kaum zerstört. Doch dafür verkam sie in den Jahren danach ersichtlich. Niemand, der sich etwas anderes leisten konnte, wollte mehr in den rußgeschwärzten alten Häusern mit ihren zwar großen, aber vollkommen veralteten und heruntergekommenen Wohnungen leben. Abschreckend war jetzt auch das Nebeneinander von Wohnen und Arbeiten, da sich in den Hinterhäusern und Innenhöfen noch die kleinen Werkstätten und Betriebe gehalten hatten. Wer konnte, zog daher weg.

Das Viertel wurde bald zu einem städtischen Problembereich. Die neuen Bewohner waren kaum noch an seinem äußeren Erscheinungsbild interessiert, Läden öffneten und schlossen, wobei ihre Qualität beständig sank; und wenn überhaupt noch etwas florierte am Schillerplatz, dann eine gewisse Art der Gastronomie, mit der man freilich in keinem Stadtführer werben konnte. In den Siebzigerjahren war die Gegend um den Schillerplatz beinahe so etwas wie eine, heute würde man sagen: No-go-Area. Kein Wunder, dass damals die Lieblingsidee der städtischen Planer darin bestand, schlicht und einfach alles abzureißen und an seiner Stelle eine moderne und vor allem autogerechte Bebauung zu errichten, so wie sie in den Fünfziger- und Sechzigerjahren auf den Trümmern des zerstörten Bahnhofsviertels errichtet worden war. So weit bis hierhin.

Und jetzt ins Stapelfeld. Es wurde Anfang der Sechzigerjahre am Rande von Neustadt errichtet. Damals waren es weniger die Leute vom alten Schillerplatz, die hierhin zogen, sondern eher die, die in den Fünfzigerjahren der jungen Bundesrepublik von der neuen Durchlässigkeit der Gesellschaft profitiert und sich in die Angestelltenschicht hochgearbeitet hatten. Ins Stapelfeld kamen also nicht die Kapitäne des Wirtschaftswunders, sondern gewissermaßen ihre Bootsmänner und Steuerleute. Mit Freude und Stolz bezogen sie ihre Reihenhäuser; und obwohl sie immer noch froh waren, dem in der Kindheit erlebten Zwang der Vorkriegsgesellschaft entkommen zu sein, orientierte sich doch jeder von ihnen bei der Gestaltung seines Lebensumfelds ziemlich genau an den Vorgaben, die sein Nachbar in dieser Beziehung gemacht hatte, wobei sich freilich auch der Nachbar schon an anderen Nachbarn orientiert hatte. So erhielten die Vorgärten und die schönen Hausgärten im Stapelfeld eine weitgehend identische Bepflanzung und Ausgestaltung. Die straßenseitigen Gardinen hatten beinahe alle dasselbe Muster und die gartenseitigen Markisen ebenfalls. Ich denke, jeder, der in einem solchen Stapelfeld groß geworden ist, wird jetzt das Bild vor seinem inneren Auge sehen.

Im Jahr 1970 sind nun diese beiden Bereiche von Neustadt, so unschiedlich sie auch sein mögen und so unterschiedlich ihr Renommee in der Stadt ist, gleichermaßen gut einzuschätzen und auszurechnen. Die Bewohner des Stapelfelds sind einander in ihren Überzeugungen und Interessen mindestens so ähnlich wie ihre Vorgärten, Gardinen und Markisen. Was das Politische angeht, sind sie mit dem Angebot der damals im Bundestag vertretenen drei Parteien vollkommen zufriedengestellt. Tatsächlich beziehen sie ihr politisches Weltbild weitgehend aus der politischen Mitte. Sie sind noch leicht imstande, sich problemlos mit dem jeweils gesamten Programm der von ihnen gewählten Partei zu identifizieren. Haben sie zu irgendetwas keine eigene Meinung, so schließen sie sich ihren jeweiligen Meinungsführern ohne Debatte an.

Die Bewohner des Schillerplatzes gelten dementgegen als Randgruppe, die eigentlich keiner besonderen Aufmerksamkeit bedarf, da sie zu einem aussterbenden Teil der Gesellschaft gehört. Als Empfänger von kleinen Renten oder Sozialhilfe zählen sie nicht zum aktiven Teil der Gesellschaft; vom Schillerplatz gehen keine gesellschaftlichen Impulse aus, den Schillerplatz muss niemand auf der Rechnung haben. Bei Bundestagswahlen werden hier nur pro forma ein paar Plakate geklebt.

Und nun unternehme ich eine Neustädter Zeitreise im Zeitraffer, über eine ganze Generation hinweg. Was ist geschehen? Ich beginne wieder am Schillerplatz. Als die Wohnungen auch von den Rentnern verlassen wurden, zogen mehr und mehr Studenten der wachsenden Neustädter Hochschule in diese ein. Die Kneipen verloren ihr altes Publikum und wechselten die Besitzer. Am Schillerplatz begann sich zu etablieren, was man mit einem wenig distinkten, aber hochgradig aufgeladenen Wort eine »Szene« nennt. Vor dem Hintergrund der grauen Häuser wurde es bunter, lauter und auch gefährlicher. Etwa ein Jahrzehnt lang war der Schillerplatz die Problemzone Neustadts schlechthin. Es kam zu Hausbesetzungen. Der Platz wurde zum Zentrum der Opposition in Neustadt. Politisch war er jetzt in der Hand linker, außerparlamentarischer Gruppen; von hier gingen Demonstrationen und spontane Aktionen aus. Die Straßenkämpfe auf dem »Schiller« am 1. Mai wurden so etwas wie ein Teil der Neustädter Neu-Folklore. Am liebsten hätten die Planer jetzt ganz schnell ernst gemacht mit ihren alten Abrissplänen, aber sie kamen zu spät, der Widerstand dagegen war viel zu groß; angesichts einer Abrissbirne wäre es wahrscheinlich zum Bürgerkrieg auf dem Schillerplatz gekommen.

Dabei mauserte sich das Viertel allerdings klammheimlich zur alternativen Attraktion von Neustadt. Neben den Kneipen eröffneten kleine Galerien; in die alten Handwerksbetriebe in den Hinterhöfen zogen Künstler, schräge Modeateliers und, als die Studenten Kinder bekamen, natürlich alternative Kindertagesstätten. Es eröffneten Proberäume für avantgardistisches Theater und World Music. Der Schillerplatz war jetzt das Herz des anderen, des jungen Neustadt. Hier kannte jeder jeden, und jeder partizipierte auf seine Art an der Liberalität und alternativen Kultur dieses Ortes. Am Schillerplatz zu leben war ein politisches Bekenntnis, auch wenn bei den Bundestagswahlen mittlerweile keine der großen Parteien mehr eines ihrer Plakate an den Schillerplatz verschwendete.

Doch diese wilde und unbändige, dabei aber auch immer noch irgendwie einheitliche und übersichtliche Phase des Schillerplatzes währte nur etwa ein Jahrzehnt. Kaum hatte man geglaubt, dass am »Schiller« die Studenten, Künstler und Freaks in ihrer etwas chaotischen, aber in sich harmonischen Welt leben würden, kam es zu einer erstaunlichen Rückverbürgerlichung des Ortes. Die Studenten machten leicht verspätet ihre Abschlüsse, wurden Professoren oder verdienten sich in der jungen IT-Branche dumm und dusslig; und mit dem Geld, das jetzt zum Schillerplatz floss, wurden immer mehr der alten Gründerzeitwohnungen zu neuen Luxusbleiben saniert. Wenn es jetzt Zuzug gab, dann waren es die besser verdienenden Mittdreißiger, die Young Urban Professionals, viele von ihnen Kinder aus den Stapelfelds dieses Landes. Einerseits wollten sie gern am Flair des Jugendlich-Alternativ-Chaotischen partizipieren, andererseits aber schätzten sie frisch abgezogenes Parkett und aufwendig sanierte Badezimmer.

Und damit, das Stichwort ist schon gefallen, ins Stapelfeld. Was ist mittlerweile dort geschehen? Nun, hier wohnt inzwischen die zweite Generation, was allerdings nicht heißt: die Kinder der damaligen Häuslebauer. Die haben alle studiert und sich zu einem gewissen Teil auf die Schillerplätze überall im Land verteilt. Die Häuser im Stapelfeld hingegen sind durchweg verkauft oder vermietet worden, und die neuen Bewohner haben mit dem alten Geist der Siedlung, gelinde gesagt, nichts mehr am Hut. Man sieht es schon an den Vorgärten, und an den Gärten hinter den Häusern sieht man es noch mehr. In einer Reihe findet man jetzt ein naturbelassenes Biotop mit Froschteich, daneben einen chinesischen Steingarten, gleich daneben einen üppigen Bauerngarten im Stil der neuen Landlust und -liebe, es folgt eine leicht verwahrloste Grasfläche mit Rutsche, Schaukel und Hüpfburg; und abgeschlossen wird die Reihe von einer fast vollständig betonierten Fläche, auf der ein Motorradsammler seine Harley-Davidsons nach jedem Gebrauch mit dem Kärcher reinigt.

Wer an einer solchen Reihe von Stapelfeld-Reihenhäusern vorbeigeht, dem wird schon von außen klar, wie wenig die Bewohner hier miteinander gemein haben. Tatsächlich sind sie kaum noch bereit, sich von wenigen politischen Parteien vollständig vertreten zu lassen. Die zweite Generation der Stapelfelder hat heute zu allem und jedem eine eigene Meinung, und die Folge ist, dass ihr individuelles Meinungspaket mit keinem Parteiprogramm mehr zur Deckung zu bringen ist. War das Stapelfeld früher fest in der Hand der bürgerlichen Parteien, so kann es heute, je nach politischer Wetterlage oder je nach dem jüngsten Politskandal, zu ganz anderen Ergebnissen kommen. Bei der letzten Kommunalwahl, der eine Panne in der Datenverarbeitung der Stadtverwaltung vorangegangen war, erzielte die Piratenpartei hier ein sensationelles Ergebnis, freilich ohne sich darauf verlassen zu können, bei der nächsten Wahl auch nur noch eine einzige Stimme zu bekommen.

Und die Quintessenz daraus? Nun, in einem gewissen Sinne sind der Schillerplatz und das Stapelfeld mittlerweile identisch geworden. Noch immer sieht es am Schillerplatz ein bisschen städtisch-verwegen und im Stapelfeld ein bisschen vororthaft-bieder aus. Aber das täuscht. Beide Bereiche werden heute von hochgradig selbstständigen und in vielem ganz und gar inkompatiblen Individuen bewohnt. Und während man früher vonseiten der Stadt und der Politik sowohl mit dem Stapelfeld also auch mit dem Schillerplatz sehr gut rechnen konnte, steht man jetzt vor beiden wie vor einem schwierigen und unerfreulichen Rätsel.

Ich nenne ein Beispiel. Wer etwa glaubt, dass die Yuppies am Schillerplatz den Geist des Ortes noch bedingungslos unterstützen, der täuscht sich. Die Yuppies haben nämlich ganz spät auch noch Kinder bekommen und wünschen jetzt definitiv keine Glasscherben und keine Betrunkenen mehr auf dem Bürgersteig. Und sind die Yuppies erst 50 geworden, dann empfinden sie den Lärm aus den Lokalen nicht mehr als den angenehmen Klang eines bewegten und irgendwie mediterranen Lebens, sondern schlicht und einfach als Lärm, der bitteschön schlagartig um 22 Uhr aufhören oder besser noch schon vorher gar nicht existieren sollte.

Und jetzt stelle ich mir einmal Politik, Verwaltung und Stadtmarketing von Neustadt vor. In den Neunzigerjahren haben sie zusammen daran gearbeitet, den Schillerplatz aus seiner Isolation zu holen. Mittlerweile wirbt Neustadt bereits mit diesem Viertel und lädt seine Besucher ein, dieses, ich zitiere aus einem Faltblatt, »bunte und kreative Quartier mit seiner vielfältigen Szene am Abend zu entdecken«. Doch hier droht bereits ganz massiv die Gefahr, dass das Viertel an seinen eigenen Widersprüchen zugrunde gehen wird. Die Wohnungsbesitzer klagen gegen die Betreiber der Kneipen, deretwegen sie doch einmal hierhin gezogen waren und in denen sie während ihres Studiums ihr Geld verdienten. Und die Kneipenwirte verwünschen die neuen Hausbesitzer, denen sie doch einmal den Aufschwung ihrer Lokale zu verdanken hatten. Abends patrouilliert ein ziviler Wachdienst, der die friedlich-heiter-bewegt mediterrane Stimmung des Ortes schützen soll, dabei aber in der Hauptsache allen die Stimmung verdirbt. Unter der Oberfläche einer, wie hieß es, »bunten und kreativen Szene« tobt mittlerweile am Schillerplatz ein Kampf aller gegen alle. Und in der Stadtverwaltung und im Stadtmarketing wird dieser Kampf quasi stellvertretend ausgetragen, dann nämlich, wenn jede Maßnahme zur Verbesserung der Lebensqualität und jede städtische Veranstaltung nur weiter zur Polarisierung der vielen Parteien beitragen.

In besonders scheußlicher Erinnerung ist allen noch der Kampf um das jahrzehntelang überwucherte Schiller-Denkmal auf der Grünanlage inmitten des Platzes. Man hatte es eigentlich nur freischneiden und sandstrahlen lassen und dazu ein kleines Fest veranstalten wollen. Aber da hatte man die Rechnung ohne die Schillerplätzler gemacht. Sofort regnete es Beschwerden und Leserbriefe. Die einen wollten gleich die ganze Anlage sanieren und anschließend für Kinder und Hunde sperren lassen. Die anderen wollten dort einen Spielplatz, und wieder andere wollten den Schiller ganz weg haben, da er im Dritten Reich doch eine undurchsichtige Rolle gespielt habe. Wieder andere wollten eine Tiefgarage. So geschah schließlich nichts, und Friedrich Schiller steht das Efeu mittlerweile bis zum Hals.

Halten sich also Politik, Verwaltung und Stadtmarketing von Neustadt besser an die Stapelfelder, wenn sie eine Vorstellung von den Bürgern ihrer Stadt haben wollen? Nein, das tun sie besser nicht. Denn ich sagte es ja schon: Auch die Stapelfelder sind längst keine homogene Gruppe mehr, keine Schicht, keine identifizierbare Klientel. Sie mögen etwas stiller sein, weil sie einander nicht so nahe sind. Ihre Vorgärten und Gärten fungieren noch als soziale Minenfelder, die den Nachbarn abschrecken und fernhalten; aber hinter den Haustüren und in den Köpfen der Stapelfelder herrscht längst eine weitgehende Atomisierung von Lebensentwürfen und Weltbildern. Man merkt das spätestens dann, wenn man ihnen eine neue Kanalisation verehren will. Denn auch dazu hat jeder Stapelfelder eine eigene Meinung, und bei der ersten improvisierten Informationsveranstaltung der Baufirma bricht ein Kampf aller gegen alle aus.

Ich fasse jetzt meine Neustädter Erfahrungen einmal versuchsweise in einer Theorie zusammen. Seit Gründung der Bundesrepublik befinden wir uns in einer gesellschaftlichen Entwicklung, die sehr stetig und erkennbar auf eine immer größere Freiheit und Selbstbestimmung des Einzelnen hinausläuft. Eine ziemlich lange Zeit durften wir annehmen, dass diese größere Freiheit des Einzelnen sich in den sozialen und politischen Grundmustern realisieren würde, die wir in der Bundesrepublik seit dem Ende des Krieges und in ganz Deutschland dann seit 1989 etabliert hatten. Wir waren – und nicht ohne Grund – lange Zeit stolz darauf, dass die

Freiheit des Einzelnen, sein Leben so zu führen, wie es ihm richtig erscheint, nicht dazu führte, dass unser Staat in lauter soziale Atome zerbrach, die keine Beziehung mehr zueinander unterhalten und sich nicht für gemeinsame Ziele engagieren.

Doch letztlich kann man es sich an den Fingern abzählen, dass eine immer weiter fortschreitende Ausdifferenzierung der Lebensentwürfe letztlich zu einer Atomisierung der Gesellschaft führen muss. Und heute sind wir dabei, diesen Punkt zu erreichen. Jeder kennt es aus seinem eigenen Alltag: Bei einer Essenseinladung entscheidet man nicht mehr einfach, was man kochen will, sondern absolviert erst einmal ein Rundtelefonat bei seinen Gästen, um sich nach deren individuellen Ernährungsgewohnheiten zu erkundigen. Wer weiß, vielleicht ist der neue Freund von Lena ja Veganer. Die Zeit, als die Gäste kommentarlos aßen, was auf den Tisch kam, ist vorbei.

Dasselbe gilt im Berufsalltag all derer, die für die Öffentlichkeit planen und entwerfen. Wer ein Open-Air-Symphoniekonzert organisieren will, muss gleichzeitig an die Hüpfburg für die Kinder denken und an die mögliche Lärmbelästigung der Umgebung, wobei niemals genau vorherzusehen ist, wer sich mehr durch Beethoven oder mehr durch Kindergeschrei belästigt fühlt. Die Möglichkeiten von Politik oder Marketing, überhaupt noch irgendetwas für die Mehrheit organisieren oder präsentieren zu können, sind im Schwinden begriffen. Denn kompakte, leicht anzusprechende Mehrheiten existieren gar nicht mehr, dafür aber umso mehr disparate Minderheiten. Dabei sind diese Minderheiten allerdings wesentlich lauter als die Mehrheit, wenn es darum geht, den Umstand zu beklagen, dass sie wieder einmal übergangen worden sind.

Wenn wir uns nun unter politischen und soziologischen Gesichtspunkten diesen Zustand in die Zukunft verlängert vorstellen, so erscheint, verkürzt gesagt, das Bild eines unregierbaren, aber auch unbeweglichen und unbewegten Staates. Da es keine Mehrheiten mehr gibt, sondern nur noch inkompatible Minderheiten, kommt es in allen gesellschaftlichen Fragen zum Patt und zum Stillstand. Es gibt zwar immer genug Menschen, die anderer Meinung sind, aber die tun sich nicht mehr zusammen zu Gruppen oder Parteien, in denen man die Einzelinteressen in einem Gesamtinteresse aufgehen lässt. Um beim Bild der Abendeinladung zu bleiben: Keiner isst mehr, was auf den Tisch kommt, aber auf einen alternativen gemeinsamen Speiseplan vermag sich die Runde auch nicht zu einigen. Schließlich greift jeder zum Telefon, um seinen persönlichen Imbiss-Service anzurufen. So laufen wir Gefahr, eine Gesellschaft von lauter Einzelgängern zu werden. Und größer als die allgemeine Unzufriedenheit ist nur die Unbeweglichkeit, die aus dem Unvermögen zur Gemeinschaftsbildung erwächst.

Doch genau hier ist der Weg unserer Bewusstseinsgeschichte unlängst abgebogen. Denn, um es gleich auf den Punkt zu bringen, die sozialen Atome haben einen Weg gefunden, sich wieder zu machtvollen Gebilden der Gesellschaft zusammenzuschließen. Das Medium dieser Revolution sind natürlich die modernen Kommunikationsmedien, allen voran das Internet.

Gehen wir also noch einmal zum Schillerplatz, der mittlerweile natürlich genau wie das Stapelfeld von schnellen Glasfaserkabeln durchzogen ist, ja besser sagte ich wohl: von solchen Glasfaserkabeln zusammengehalten wird. Nach dem Debakel um die Sanierung des Schiller-Denkmals hat sich dort eine Interessengruppe gebildet, die ihren Plan für die Erneuerung der Grünfläche präsentieren und seine Umsetzung vorantreiben will. Dabei gehen die Beteiligten ausgesprochen zeitgenössisch vor, indem sie ihre Vorstellungen im Internet publizieren und ihre Mitstreiter vor allem dort rekrutieren. Und das ist schlau so. Denn die sogenannte Face-to-face-Kommunikation auf dem Platz, in den Kneipen und Geschäften hat in den letzten Monaten nur dazu geführt, dass man die abweichenden Meinungen seiner Nachbarn kennengelernt hat, nicht aber diejenigen, mit denen zusammen man eventuell eine machtvolle Gruppe bilden und etwas bewegen könnte. In der Internet-Kommunikation aber kommt es auf räumliche Nähe überhaupt nicht mehr an; und tatsächlich hat sich auf der Seite der Initiative sogar ein Prominenter aus dem Bereich der Unterhaltungsmusik eingefunden, der heute in Hamburg oder München lebt, während seiner Studentenzeit aber am Schillerplatz gewohnt hatte und sich jetzt bereit erklärt, als Schirmherr oder als Galionsfigur für die Interessengruppe zu fungieren. So kommt es an einem Samstagnachmittag, völlig überraschend sowohl für die Stadtverwaltung als auch für einen Großteil der Anwohner, zu einer überaus gut besuchten und vorzüglich organisierten Demonstration mit dem Prominenten an der Spitze, bei der die Interessengruppe ihre Pläne öffentlich artikuliert.

Und jetzt Achtung! Wir spielen mal ein bisschen Polizei und scannen die Demonstranten. Manche von ihnen kennen einander natürlich aus der Nachbarschaft. Aber das heißt nicht, dass sie auch privaten Kontakt miteinander oder ähnliche Überzeugungen haben. Sie sind sich bloß in genau dieser einen Sache einig. Ins Theater werden sie nicht zusammen gehen, zu McDonald's auch nicht und nicht ins gleiche Konzert;

aber punktuell können sie sich dank moderner Medien treffen und ihre Präsenz für ihr Anliegen in die Waagschale werfen. Neben diesen Nachbarn neuen Formats gibt es aber auch eine Menge Teilnehmer an der Demonstration, die gar kein persönliches Interesse am Schillerplatz selbst haben, da sie anderswo in der Stadt oder sogar außerhalb wohnen. Für sie alle aber stehen der Schillerplatz und der Umgang damit stellvertretend für ähnliche Fragen und Probleme des öffentlichen Lebens. Vielleicht sind sie überzeugte Gegner der momentanen Stadtregierung, vielleicht sind es Architekten und Stadtplaner, die auf gewisse Übelstände hinweisen wollen. Nicht zu vergessen schließlich unser Prominenter, der möglicherweise mit dem Hintergedanken angereist ist, dass seine Präsenz auf der Demo nicht ganz schlecht für die Gestaltung seines volksnahen Images ist.

Mit anderen Worten: Nach innen betrachtet ist es ein ziemlich disparater Haufen, der da um den Schillerplatz zieht. Nach außen aber ist es eine Macht. Die über das Internet, über Skype, Twitter etc. organisierte Demonstration muss auf alle, die irgendwie mit dem Schillerplatz zu tun haben, so wirken, als artikuliere sich hier eine starke und unbedingt mehrheitsfähige Kraft. Die journalistischen Berichte überschreiten rasch den Rahmen der Lokalpresse; umgehend sehen sich Politik und Verwaltung in Zugzwang. Und obwohl die Interessengruppe Schillerplatz in keiner der politischen Parteien aufgeht und auch keiner anhängt, erreicht sie im Handumdrehen den Status einer organisierten politischen Kraft. Als es eine Woche später eine Sitzung in der Stadtverwaltung gibt, reden dort die Gruppen-Gründer auf Augenhöhe mit Politikern und Verwaltern.

Ich vermute, jeder in der Politik oder in der Stadtverwaltung Tätige hat bei dem, was ich gerade erzählt habe, ähnliche Vorgänge aus seiner eigenen Stadt vor Augen. Die modernen Kommunikationsmittel haben den hochindividualistischen Einzelgänger moderner Prägung aus seiner sozialen Isolation geholt. In großer Geschwindigkeit können sich heute Interessengruppen bilden und schon bald darauf eine machtvolle Präsenz zeigen.

Ich wage dazu jetzt eine sehr kühne, weil dramatisch vereinfachende Theorie: Das Verhältnis von Allgemeinem und Besonderem ist heute umgekehrt. War es früher einmal so, dass man sowohl im Stapelfeld als auch am Schillerplatz alles Besondere in seiner Umgebung daraufhin prüfte, ob und wie es in das einmal übernommene und arretierte Weltbild passte, so bilden sich heute Überzeugungen und Engagements erst beim Anlass von konkreten Einzelfällen. Früher war man immer schon in einer

Gruppe oder Schicht und teilte deren Überzeugungen; heute bildet man ad hoc Gruppen, um spezielle Interessen gemeinsam durchzusetzen. Der Mensch ist vom Kopf auf die Füße gestellt, allerdings: auf tausend Füße!

Nun weiß ich natürlich, dass man mich gleich fragen wird: Und was lernen wir daraus? Beziehungsweise: Wie reagiert man als Politiker oder Verwaltungsmensch auf diesen Zustand? Nun ja, ich könnte mich jetzt aus der Schusslinie holen, indem ich darauf hinweise, dass ich als Schriftsteller zwar für die Analyse der Gegenwart, nicht aber für deren Gebrauchsanweisung zuständig bin. Doch das wäre ein bisschen billig.

Also versuche ich es einmal: Die Gesellschaft des 21. Jahrhunderts wird aus lauter inkompatiblen Einzelindividuen bestehen, die sich fallweise zu Gruppen und Interessenvertretungen zusammentun. Wer mit und für diese Menschen planen will, muss sich daher weitgehend von der Vorstellung verabschieden, sie agierten gemäß langfristigen und dauerhaften Überzeugungen. Stattdessen ist vor praktisch jeder Maßnahme zu fragen, wer genau eigentlich der Ansprechpartner ist und in welcher Verfassung er sich befindet. Wer glaubt, seinen Schillerplatz oder sein Stapelfeld zu kennen, der irrt. Ich halte es daher für angeraten, dass man sich in die Kommunikationsbereiche begibt, in denen sich heute zunehmend die Stapelfelder und Schillerplätzler als solche konstituieren. Nur im Netz oder in den anderen modernen Medien spürt man diejenigen auf, die bereit und in der Lage sind, sich für ihre Belange öffentlichkeitswirksam und machtvoll zu engagieren. Und nur hier erreicht man sie. Die Meinungsführer sitzen heute nicht mehr wie früher ausschließlich in den Parteien, Heimatvereinen etc. etc., sie konstituieren sich vielmehr mit den Projekten, um die es geht.

Tatsächlich wird daher, so denke ich, die gesamte Zukunft unseres Gemeinwesens davon abhängen, inwieweit die Verantwortlichen in Politik und Verwaltung in der Lage sind, diese neue Form einer nicht stellvertretenden, sondern direkten Demokratie zu verstehen und vorzuleben. Nur wer versteht, dass es »die« Stapelfelder oder »die« Schillerplätzler nicht mehr gibt, hat eine Chance, sinnvoll für das Gemeinwesen zu arbeiten. Wenn also demnächst jemand entscheiden sollte, dass endlich Geld bereitgestellt wird, um die Entlastungsstraße rund um das Stapelfeld auszubauen, sollte er, statt den gesamtgesellschaftlichen Nutzen abstrakt zu berechnen, lieber zuerst auf dem Stadtplan einen Kreis um die Baustelle ziehen und die in diesem Kreis Lebenden zum Ansprechpartner erklären. Insbesondere die lokale Politik und die lokalen Verwaltungen müssen sich als gleichrangige Akteure im modernen Interessens- und

Kommunikationsraum begreifen. Beim Bürger des 21. Jahrhunderts hat nur der eine Chance, der in diesem gar nicht erst das Gefühl aufkommen lässt, bevormundet und gegängelt zu werden.

Am Schillerplatz in Neustadt beginnen demnächst übrigens die Arbeiten zur Umgestaltung der Grünanlage. Nach einem zügig durchgeführten Moderationsprozess ist rasch eine Entscheidung gefallen. Keineswegs sind damit jetzt alle einverstanden, aber die Akzeptanz der Maßnahme ist hoch genug, um sie realisieren zu können. Der sachbezogene Prozess hat allen Beteiligten eine Chance zur Partizipation gegeben. In einer Demokratie zu leben, heißt nun mal gelegentlich auch, nicht in der Mehrheit zu sein. Diese Erfahrung aber ist den Menschen eines Gemeinwesens zuzumuten. Unzumutbar geworden ist hingegen die Empfindung, einfach nur regiert zu werden. Das wird allen Beteiligten eine Menge Arbeit bereiten. Aber eine Alternative dazu gibt es nicht.

8

Höfische Feste und demokratische Events oder: Wie kann die Demokratie sich feiern?

»Lustig und ausgelassen geht es zu, wenn ihr als Hofdame oder Höfling zu einem barocken Fest ins Alte Rathaus geladen seid. Beim Wandeln durch die Sammlung Ludwig hören wir Erstaunliches über die Erfindung des Porzellans und die strengen höfischen Sitten. Wir schlüpfen in Kostüme und unter Perücken, erfahren, wie man mit Flohfallen auf die Jagd geht, heiße Schokolade gar zierlich verköstigt und wen der Klammerbeutel pudert. Lasst euch von feinsten Düften verführen und kreiert aus Blütenessenzen euer eigenes Parfum. Ihr lernt den Anstand, um euch hernach als Kammerdiener des Fürstbischofs zu bewerben. Sobald aber das Hoforchester aufspielt, tanzen wir ... bis die Welt sich dreht.«

Mit dieser Ankündigung warb einmal die Stadt Bamberg für eine Veranstaltung, die sich bevorzugt an Kinder im Alter von 6 bis 10 Jahren wandte. Ich habe diesen kleinen Text aus dem Alltag des Jahres 2011 im Internet gefunden und zitiere ihn hier, um zu zeigen, dass sich doch so einiges an Erinnerung an die höfische Festkultur des 16. bis 18. Jahrhunderts erhalten hat. Denn der kleine Werbetext lockt seine Interessenten nicht nur mit der Ankündigung von Genüssen und Belustigungen wie Parfüms, heißer Schokolade und Tanz, er erwähnt auch zweimal, dass es um Anstand und strenge Sitten geht.

Und damit ist der Kosmos der weiland höfischen Feste schon ganz richtig umrissen. Natürlich ging es damals um Genuss und Überraschung, um Kurzweil und Fantasie; aber keineswegs dürfen wir uns das höfische Fest als regellose Orgie vorstellen, ja nicht einmal als eine »Hier-kommt-jeder-auf-seine-Kosten«-Veranstaltung im Stil des Robinson Club oder

der gängigen Stadtfeste der Gegenwart. Im Gegenteil: Das höfische Fest ist bei allem Prunk und aller Üppigkeit eine strenge, vollkommen durchchoreografierte Veranstaltung, in der jeder Beteiligte seinen festen Platz hat und eine Rolle spielen muss, aus der er nur um den Preis eines totalen Gesichtsverlustes fallen darf. Denn schließlich hat das höfische Fest einen präzisen Zweck: Es soll nichts weniger als die Ordnung der Gesellschaft, ja des Ganzen der Welt abbilden. Mitnichten ist das Spektakel eine bloße Konsumentenbelustigung; es zeigt vielmehr, wie die Welt aufgebaut ist, was womit zusammenhängt und wo jeder Einzelne darin seinen richtigen Platz hat.

Das Gesellschaftsbild dieser Epoche des Absolutismus ist uns heute noch einigermaßen präsent. Es wird am besten verdeutlicht durch die Standespyramide, an deren Spitze ganz allein der Herrscher thront, der absolute Monarch. Unter ihm folgen die Geistlichkeit und der Adel, dann das Militär; und all dies, quantitativ immer noch eine sehr kleine Spitze, sitzt auf der Masse des einfachen Volkes, das weitgehend rechtlos ist, allerdings mit seinen Abgaben das Staatswesen und das Staatsgewese finanzieren muss. Das ist, von heute aus betrachtet, eine höchst ungerechte Ordnung der Gesellschaft; und am Ende des 18. Jahrhunderts beginnt dann auch die Zeit der Aufstände gegen den Absolutismus. Bis dahin aber dienen die höfischen Feste einerseits der Selbstvergewisserung des Fürsten und seines Hofs; darüber hinaus versuchen sie dem Volk in Form von Bildern nahezubringen, dass die herrschende Ordnung nicht bloß die Ordnung der Herrschenden ist, sondern vielmehr eine von Gott und der Natur gewollte.

Folgen Sie mir jetzt bitte in das von mir eigens für diesen Text erfundene Fürstentum Großberlichingen, das Sie sich bitte irgendwo im Heiligen Römischen Reich Deutscher Nation des 17. Jahrhunderts denken. Dem Fürsten August Karl II. ist kürzlich der erste Sohn geboren worden, ein klassischer Anlass für besonders üppige höfische Feste.

Das Spektakel ist auf mehrere Tage angesetzt und beginnt mit der Ankunft der Gäste aus den benachbarten Klein- und Kleinststaaten. Die eigentliche Hauptveranstaltung am Abend des zweiten Tages hebt an mit dem prunkvollen Einzug des Fürstenpaars samt Thronfolger auf dem Festgelände im Schlosspark. Zur Inszenierung und Ausstattung der Lustbarkeiten hat man einen französischen Fachmann kommen lassen, der seine Reputation durch die aktive Teilnahme an den Festen Ludwigs XIV. erworben hat – damals der unbestrittene Trendsetter in Sachen höfische Feste. Allerdings hat der Monsieur aus Versailles durchgesetzt, dass das Fest einen maritimen Charakter haben soll, und das, obwohl Großberlichingen tief im Landesinneren liegt. Meer sei der letzte Schrei, hat er gesagt. Also ist der Park hinter dem Residenzschloss in ein Gewässer verwandelt worden, dargestellt von Dutzenden von Lakaien, die unter langen blauen Stoffbahnen liegen und durch rhythmische Bewegungen von Armen und Beinen sehr ansehnliche Wellen produzieren. Die Schiffe, die sich ihren Weg durch diese Wellen bahnen, sind ausgesprochen prächtig, obwohl sie hauptsächlich aus Gips und Pappmaschee bestehen, die freilich mit einer Unmenge sündhaft teurer Goldbronze überzogen sind. Die Fantasieschiffe sind auf flache Wagen gebaut, die wiederum von Lakaien gezogen werden, die auf allen Vieren kriechen, so dass sie hinter den Stoffbahnen verschwinden. Der Eindruck von Schiffen auf bewegter See ist nahezu perfekt. Der Franzose versteht sein Handwerk. Höhepunkt des Einzugs ist natürlich das letzte Schiff, eine römische Galeere, auf der Fürst August Karl II. im Kostüm des Meeresgottes Neptun thront. Diesem Arrangement kommt übrigens die Körperfülle des Monarchen sehr entgegen. Als Neptun wirkt er ausgesprochen imposant; kein Vergleich mit der etwas heiklen Figur, die er unlängst als antiker Held Achilles gemacht hat.

Inmitten der Stoffsee empfängt jetzt der Neptun August Karl die Huldigungen der Wassergötter, in denen sich die sieben einigermaßen nennenswerten Flüsse Großberlichingens allegorisch präsentieren. Anschließend gelingt es seiner Galeere, ein Piratenschiff mit einem gewaltigen Goldschatz zu kapern. Man hat darin im Vorfeld der Organisation eine Anspielung auf die Lage der Hoffinanzen gesehen, die Sache dann aber nicht weiter thematisiert. Denn erstens war dem Mann aus Versailles einfach nicht zu widersprechen, und zweitens ist die Darstellung von August Karl II. als siegreicher Krieger schon ganz wünschenswert, zumal die bisherigen militärischen Erfolge Großberlichingens eher bescheiden sind. Oder anders gesagt: Man hält sich zwar ein teures Offizierkorps, hat aber unlängst die Soldaten an den Fürsten eines Nachbarstaats verkaufen müssen. Mit dem Goldschatz nun landet Neptun August Karl am Gestade seiner Residenz, wo ihn Ehefrau und Sohn sowie die Vertreter der Stände und Städte willkommen heißen.

Wie das Fest weitergeht, ist leicht vorstellbar. Essen, Musik, Theater, Tanz, Musik, wieder Essen, Theater und wieder Tanz. Am Ende Feuerwerk. Same procedure as every time. Hoffentlich macht das Wetter mit. Drei Tage lang Aufregung und Anstrengung hinter den Kulissen, damit vor den Kulissen der Anschein erweckt werden kann, die Welt sei schön, reich und wohlgeordnet, der Fürst von Gott an seine Stelle gesetzt und jeder Einzelne wohlaufgehoben auf dem Platz, den Gott und Fürst ihm zugewiesen haben. Wer sich für weitere Details interessiert, findet in der Literatur historische Darstellungen. Man kann da von Festen lesen, mit denen verglichen die letzten Inszenierungen des Eurovision Song Contest eher zurückhaltend und bescheiden wirken, um nicht zu sagen: ärmlich.

Ich verlasse damit die barocken höfischen Feste, um mich zweierlei zu fragen. Erstens: Was kam danach? Und zweitens: Wie steht es eigentlich um die Festkultur heute?

Zur Beantwortung der ersten Frage mache ich einen radikalen und ziemlich dramatischen Zeitsprung, und zwar nach Ost-Berlin, genauer in einen 1. Mai der Siebzigerjahre des 20. Jahrhunderts. Hier feiert sich gerade die Deutsche Demokratische Republik. Bei ihr haben wir es zwar mit einem Staat zu tun, der sich ausdrücklich demokratisch nennt und regelmäßig Wahlen veranstaltet, de facto aber exekutiert die DDR mit dem real existierenden Sozialismus ein beinahe ebenso fest gefügtes Weltbild, wie es der barocke Absolutismus besaß. Und wenn dieser Staat sich jetzt feiert, dann lässt auch er dabei keinerlei individuellen Spielraum für die Beteiligten. Die paradieren vielmehr in geschlossenen Reihen an der Führung von Staat und Partei vorbei, dabei stecken sie entweder in uniformer Zivilkleidung oder gleich in militärischer Uniform. Man hat ihnen zuvor genau gesagt, was sie zu sagen oder zu singen und wie sie zu tanzen haben, und man hat ihnen die richtigen Fahnen und Transparente in die Hand gedrückt.

Für die Kameras der einheimischen wie der ausländischen Fernsehsender bietet sich so das Bild eines wahrhaften Einheitsstaats. Denn das ganze Fest dient ja wie im Barock der Darstellung einer Einheit, eines fest gefügten Ganzen, in dem jeder seinen Platz besetzt, und das nicht erzwungenermaßen, sondern freudig und engagiert, weil er das große Ganze als das einzig Richtige akzeptiert und begrüßt. Wie weit es tatsächlich mit Freude und Engagement her ist, zeigt in der Dämmerung der DDR eine Maßnahme der SED. Im Jahr 1988 erklärt sie die Maifeiern zu einer geschlossenen Veranstaltung, um das Erscheinen von Regimegegnern durch die Ordnungskräfte verhindern zu lassen. Ein Jahr später, und damit genau 200 Jahre nach dem Ende des Absolutismus in Frankreich, bricht der real existierende Sozialismus in der DDR zusammen. Man lernt daraus: Wer keine Zuschauer mehr bei seiner Selbstfeier duldet, der ist am Ende.

Wo bis 1989 die Maifeiern der DDR ihren Höhepunkt hatten, befindet sich heute eine Baustelle, auf der das alte Stadtschloss der Hohenzollern rekonstruiert wird. Die Gefahr, dass dort wieder ein Kaiser einzieht, halte ich für gering; das Stadtschloss wird voraussichtlich im Dienst einer demokratischen Gesellschaft stehen. Und damit bin ich bei der zweiten, für die Gegenwart ungleich wichtigeren Frage: Wie feiert sich eigentlich ein Staat, der es mit der Selbstverpflichtung zur Demokratie ernst nimmt? Also zum Beispiel unsere Bundesrepublik.

Einfach ist zu sagen, wie es nicht geht, nämlich indem man die Regierenden und die Bevölkerung wieder lebende Bilder stellen lässt. Es ist die große Errungenschaft der Demokratie, dem Menschen seine individuelle Freiheit zu lassen, soweit das im Rahmen der Gesetze möglich ist. Demokratische Gesellschaften sind plurale Gesellschaften. Zumindest in ihrem Ideal ist das Individuum nicht auf eine bestimmte Rolle oder Funktion festgelegt; zumindest am Start seines Lebens herrscht Chancengleichheit. Zudem hat jeder die Freiheit, seinen Lebensentwurf so oft zu ändern, wie er es für richtig hält.

Wie aber soll man eine Gesellschaft von selbstständigen und frei entscheidenden Individuen darstellen beziehungsweise sich selbst festlich darstellen lassen? Konsequent gedacht, liefe jedes demokratische Fest auf eine Art Bring-a-bottle-Party hinaus, also auf ein Konglomerat von individuellen Einmannauftritten, zu denen man selbstverständlich auch nicht zu erscheinen braucht, wenn man gerade keine Lust hat. Tatsächlich haben wir den Typ der massensolipsistischen Bring-a-bottle-Party als eines der hierorts gängigen Formate. Immer dann, wenn es mit größerem sozialen Anspruch unterlegt ist, heißt es »Multikulturelles Fest« und soll durch eine möglichst offenkundige Verschiedenheit von gastronomischen und kulturellen Angeboten eben jene Pluralität symbolisch darstellen, die zu den Grundwerten des demokratischen Gemeinwesens gehört. Zielt der Anspruch weniger aufs Soziale oder Kulturelle und mehr auf die Gaudi, dann heißt die Sache einfach »Stadtfest«.

Ich persönlich sehe diesen verbreiteten Typus der demokratischen Selbstfeier allerdings etwas kritisch. Natürlich sind alle Anstrengungen zur Integration von Immigranten oder Minderheiten in die Gesellschaft aller Ehren wert. Mich stört aber am gemeinen Stadtfest ungemein, dass der Bürger darin ganz wesentlich, wenn nicht gar ausschließlich als Konsument erscheint.

Nun ist es natürlich gar nicht so falsch, den Bürger der Demokratie als Konsumenten anzusprechen. Ein wesentlicher Teil seiner Selbstständigkeit äußert sich ja darin, dass er als freies ökonomisches Subjekt auftreten kann. Der Bürger im demokratischen Staat kann Unternehmer sein, er kann den Lohn für seine Arbeit frei aushandeln, und er kann über sein

Konsumverhalten Einfluss auf die Gesamtökonomie nehmen. Zu Zeiten des Barock gab es nur Untertanen, in den totalitären Staaten nur zwangssolidarisierte Genossen. Alle wurden sie knapp gehalten; und selbst wenn einer die Mittel hatte, verweigerte ihm der Staat die Umsetzung von Geld in Einfluss. Anders in der Demokratie: Hier definiert sich der Bürger auch und gerade als *homo oeconomicus* im Sinne der Betriebswirtschaftslehre.

Es bleibt allerdings die Frage, ob die Demokratie sich tatsächlich würdig feiert, wenn sie ihren Bürgern die Möglichkeit gibt, auch am Sonntag gebatikte Schals zu kaufen sowie vor irgendeiner historischen Kulisse warmes und leicht überteuertes Bier aus Plastikbechern zu trinken und dazu Champignons in Knoblauchsoße zu essen. Ich sage es ganz offen, mir kommen viele dieser Stadtfeste eher wie eine Selbstparodie des demokratischen Staates vor. Auf Bühne eins ein Schlagersänger, auf Bühne zwei eine Metal-Band und auf Bühne drei irische Folkmusik, dazwischen Buden für dies und das, Clowns schminken Kinder, jemand auf Stelzen verteilt Flugblätter, der Schützenkönig tut beim Büchsenwerfen mit, während Feuerwehr und Rotes Kreuz sich innigst wünschen, dass die Temperaturen unter 28 Grad bleiben, denn das ist die kritische Grenze für die Volksgesundheit bei Stadtfesten.

Ich will nicht zu sarkastisch werden. Es mag ja sein, dass man sich auf solchen Veranstaltungen amüsieren kann; immerhin tun das Millionen Menschen hierzulande Jahr für Jahr auf Stadtfesten, Handwerker- und Weihnachtsmärkten etc. etc. Aber es widerstrebt mir ungemein, mich von der öffentlichen Festkultur unserer Demokratie bloß immer wieder auf meine Rolle als Konsument festlegen zu lassen.

Wir erleben momentan, wie nach dem Zusammenbruch der politischen Ideologien die Fixierung auf das Ökonomische neue Fetische kreiert. Als sich um 1990 zusammen mit den sozialistischen Staaten die politischen Utopien aus dem Bewusstseinsalltag verabschiedeten, stieß die Ökonomie in diese Lücke, ohne dabei auf Widerstand zu treffen. Seitdem wird hierzulande eigentlich nur noch gefragt, was sich rechnet und was welche Dividenden abwirft. Das Geld ist zu einem ebensolchen Popanz geworden wie der absolutistische Herrscher, nur dass jetzt jeder Einzelne sich seinem privaten Geldgott in Form von Gold, Aktien oder anderen Finanzprodukten unterworfen hat. Anlässlich der Finanzkrise von 2008 sagte die Bundeskanzlerin Angela Merkel einmal öffentlich, die Politik besitze noch das Primat über die Kapitalmärkte. Wenn so etwas gesagt werden muss, ist es ein deutliches Zeichen dafür, dass dieses Primat längst verloren ist. Ich denke, es bedarf hier eines entschiedenen Gegensteuerns – auch und gerade auf der symbolischen Ebene. Und deshalb halte ich jede Selbstfeier der Demokratie in Form des nur noch etwas weiter von den Ladenschlusszeiten befreiten Konsums für ein absolut falsches Zeichen.

Aber, werden Sie jetzt fragen, schwebt denn Ihnen, lieber Herr Kritiker, eine angemessene Art der demokratischen Selbstfeier vor? Das tut sie.

Schauen wir dazu noch einmal in die Geschichte. Die Kultur des Barockzeitalters beförderte den Bau der großen, repräsentativen Schlösser, die heute dankenswerterweise unsere Museen oder Universitätsverwaltungen beherbergen und überdies den Tourismus beleben. Ein Großteil der barocken Festarchitektur aber war temporär, bestand aus Gips, Pappe und Farbe und diente nur zur Herstellung eines ebenso schönen wie kurzlebigen Scheins. Kaum etwas davon war von Dauer. Was soll man auch im Alltag fern der Küste mit Schiffen anfangen, die auf Wagen montiert sind?

Ganz ähnlich ist es mit der Selbstdarstellung der totalitären Staaten. Sie lief meistens auf die Inszenierung des Ornaments der großen Masse hinaus. Solche Inszenierungen verwandelten Straßen und Plätze in Aufmarsch-Areale. Gelegentlich sprengten sie das Maß der Städte; und da, wo man die Stadt nicht baulich anpassen konnte, etwa durch Abriss, verließ man sie und baute wie die Nazis in Nürnberg gewaltige Aufmarschplätze – für sich betrachtet architektonisch allerdings eher uninteressant, da sie nur die Masse fassen und rahmen sollten. Ohne die Großveranstaltungen waren sie tote Orte.

Wenn sich also der demokratische Staat bei seiner Selbstfeier positiv von den Selbstfeiern der absolutistischen und der totalitären Staaten abheben will, so ist er meiner Meinung nach immer gut beraten, wenn er die Stadt nicht mit allerhand falschen Kulissen zu überdecken versucht oder sie gar flieht, sondern sich vielmehr mit ihr auseinandersetzt.

Die Architektur der Städte ist ganz wesentlich von der Geschichte geprägt, in der Anlage der Straßen ebenso wie in der Anordnung und Gestaltung der einzelnen Bauten. Aber Städte sind niemals ganz von früher und nur äußerst selten ganz von jetzt. Sie haben Regierende und ihre Weltbilder kommen und gehen sehen; besonders unsere deutschen Städte sind allesamt gezeichnet von den selbstzerstörerischen Tendenzen der politischen Ideologien des 20. Jahrhunderts. Dennoch, nein, gerade deswegen sind sie lebendige, organische Gebilde, sie tragen wie auch jedes menschliche Individuum die Geschichte ihres Werdens und ihrer Veränderung in sich. Der Stadtraum ist daher als Ort der Kulmination aller individuellen menschlichen Interessen und Aktivitäten, die aufs Gemeinsame und aufs

Miteinander gerichtet sind, nach meinem Dafürhalten genau der Raum, auf den sich eine Selbstfeier der Demokratie beziehen sollte.

Wir leben nicht in China oder Indien. Die meisten unserer Städte, wenn nicht alle, haben sich eine gewisse Übersichtlichkeit bewahrt. Sie bilden, ich sagte es schon, unsere Geschichte als eine Geschichte der Aufklärung und der Emanzipation ab, was auch heißt: als eine Geschichte des Engagements des Einzelnen fürs Allgemeine. Noch immer kann ein Neubau an repräsentativer Stelle, ja kann die Umbenennung eines Platzes zu einer Diskussion führen, die von großen Teilen der Stadtbevölkerung mitgetragen wird. Debatten über die Gestalt der Stadt sind immer auch Debatten über den Zustand einer Gemeinschaft, die sich noch als solche begreift. Wie Demokratie aussieht, wenn man sie denn ansehen und nicht nur praktizieren kann, das zeigt sich in der Gestalt der Städte. Freilich tritt dort auch zutage, wie es aussieht, wenn Demokratie sich bloß noch als die Macht des Kapitals zeigt, seine ökonomischen Interessen durchzusetzen.

Wenn also die Demokratie einen Ort und einen Gegenstand der Selbstfeier hat, dann hat sie ihn meines Erachtens dort, wo sie in festlicher Form die Geschichte und die Gegenwart der Stadt zum Erscheinen bringt.

Ich nenne Ihnen dafür ein Beispiel aus Münster, wo ich mittlerweile mehr als zwei Drittel meines Lebens verbracht habe. Einmal im Jahr findet dort die sogenannte Hansetafel statt. Das ist eine denkbar schlichte Veranstaltung, bei der man auch kaum Geld ausgeben kann. Der Prinzipalmarkt, der alte Kern der Kaufmannsstadt, wird dazu für den Verkehr gesperrt. Stattdessen werden in seiner Mitte einfache Tische aufgestellt, an denen, gesponsert von der umliegenden Kaufmannschaft, Schmalzbrote verteilt werden. Es ist, wie gesagt, denkbar schlicht. Und es geht natürlich auch nicht um die Schmalzbrote und nur ein wenig darum, dass für eine halbe Stunde der Oberbürgermeister oder andere Stadtprominenz den Kellner spielt. Es geht vielmehr darum, einen Ort, an dem die Geschichte der Stadt Münster bis zur Zerstörung im Krieg und darüber hinaus kulminiert, für einen Tag aus seiner Funktionalität zu nehmen. Der Bürger soll hier eine halbe Stunde lang sitzen, möglichst aller seiner Funktionen enthoben – also auch nicht als Konsument! –, sondern nur als ein Bürger an und für sich, um derart befreit das Symbolische des Ortes wahrnehmen zu können, dessen Geschichte als Geschichte der Entwicklung unseres demokratischen Selbstverständnisses. Dass das Ganze auch ein großartiges Bild ergibt, muss ich denen, die den Prinzipalmarkt in Münster kennen, nicht besonders erklären.

Die Hansetafel ist ein demokratisches Fest, wie ich es mir wünsche. Sie stellt Vielfalt und Pluralität nicht zwanghaft her, sondern lässt sie zu, indem sie auf Choreografie und Inszenierung weitgehend verzichtet. Es wird nichts an den Ort getragen außer Tischen und Bänken und den Einrichtungen des Caterings. Und dann wartet man darauf, dass die Bürger der Stadt kommen und ihre Individualität als ein schieres Innehalten und ihre Vergesellschaftung als eine mehr oder weniger explizite Reflexion ihres Aufenthalts an diesem Ort realisieren.

Demokratische Feste, traue ich mich jetzt zu sagen, sind Veranstaltungen nach Maßgabe dessen, wie wenig sie Event und wie sehr sie eine Einladung zur festlichen Bevölkerung des eigenen Lebensraums sind. Der demokratische Staat sollte unbedingt darauf verzichten, eine Allegorie des großen Ganzen darstellen zu wollen. Keine Aufmärsche, keine Choreografie, keine lebenden Bilder. Vielmehr sollte der demokratische Staat den einzelnen Bürger immer wieder dazu einladen, seinen unmittelbaren Lebensraum als gesellschaftlichen Raum wahrzunehmen und neu zu besetzen. Das aber kann nur in der Stadt geschehen; doch mit der Stadt nicht allein als Kulisse für immer nur weiteren Konsum, sondern mit der Stadt als dem immer wieder neu zu belebenden Bild des Ganzen.

Demokratie ist nichts von oben Verordnetes; und wenn sie das wird, dann stirbt sie. Soll sie aber leben, dann speist sie sich aus der individuellen Praxis des sozialen Verhaltens jedes Einzelnen, wie es in den Städten europäischen Zuschnitts und europäischer Tradition zutage tritt, dort, wo Menschen aufeinandertreffen und sich um die Gestaltung des Gemeinsamen bemühen und streiten. Demokratische Feste sollten diese Mühe und diesen Streit begleiten und ihm eine festliche Erscheinungsform geben.

Das ist natürlich, ich weiß das, nicht ganz einfach ins Werk zu setzen. Im Gegenteil, es ist schwierig. Da braucht man Fantasie und Durchsetzungsvermögen, zwei Dinge, die nicht immer zusammenkommen. Es ist viel leichter, bei einer Eventagentur die handelsüblichen Gaukler zu bestellen oder den Weihnachtsmarkt noch eine Woche früher beginnen zu lassen. Wenn wir aber unsere Demokratie, die sich momentan gegen religiöse ebenso wie gegen ökonomische Terroristen wehren muss, auch in der Feier stärken wollen, wird es ohne ein großes Maß an Fantasie nicht gehen.

9

Der kalte Grill
oder:
Was kochen für Monaden?

Der 4. August 1973 war ein Samstag. Mein Vater feierte seinen 50. Geburtstag. Seit dem frühen Nachmittag kamen die Gäste, viele Gäste, die meisten von ihnen würden bis zum späten Abend bleiben. Ich erinnere mich recht gut an den Tag; ein »Event«, wie man heute sagen würde, von dieser Größe hatte es bei uns zuvor nicht gegeben. Und selbst mir, einem wenig familienbegeisterten Einzelkind, war einigermaßen klar, dass dies hier der Ehrentag schlechthin im Leben meines Vaters sein sollte. Ich selbst war damals engagiert worden, um bei der Verteilung der Speisen und Getränke zu assistieren. Es existiert ein Foto von mir, das mich mit weißem Hemd, einer dem Zeitgeschmack gehorchenden und infolgedessen sehr albernen Krawatte und einer kleinen Kellnerschürze zeigt. Ich bin 16, habe noch sehr rote Haare mit Schläfenlocken und eine auffällige Zahnlücke zwischen den oberen Schneidezähnen, weswegen ich besser nicht gelächelt hätte. Ich tue es aber. Es ist ein viel zu breites, angestrengtes Kameralächeln.

Dabei war meine Arbeit an diesem 4. August 1973 keineswegs besonders anstrengend. An Getränken gab es für die Männer nämlich nur Bier vom Fass, die Marke der ortsansässigen Brauerei, und einen Weizenkorn, der einfach »Klarer« oder »Kurzer« hieß. Für die Frauen gab es einen Weißwein, für dessen Provenienz sich niemand interessierte, und einen Likör aus dem Supermarkt. Die Limonade und den aberwitzig süßen Orangensaft hatte ich praktisch für mich allein. An die Existenz von Mineralwasser erinnere ich mich nicht. Möglicherweise tranken wir damals kein Wasser, jedenfalls keines aus Flaschen.

Die im Laufe des Tages mehrmals wechselnden oder erneut aufgetragenen Speisen holten sich die Gäste von einem Buffet, das meine Mutter, einer damals noch ganz neuen Mode folgend, im Wohnzimmer aufgebaut hatte. Dort standen mehrere große Schüsseln mit Kartoffel- und Nudelsalat, Schüsselchen mit Gurken und Silberzwiebeln sowie Käsewürfeln, auf denen jeweils mit einem Zahnstocher eine Traube befestigt war. Mittelpunkt des Buffets waren die sogenannten kalten Platten, für die mein Onkel gesorgt hatte. Er betrieb damals eine florierende Metzgerei, und er hatte, ebenfalls einer neuen Mode folgend, unlängst damit begonnen, solche kalten Platten für Partys zu liefern. Das Wort »Catering« war damals noch unbekannt. Die kalten Platten trugen unter anderem Schinkenröllchen, also Scheiben gekochten Schinkens, die um Dosenspargel gerollt waren. Zu finden waren dort auch Russische Eier, nach meiner Erinnerung hartgekochte und gehälftete Eier, auf die, übrigens genauso wie auf die Schinkenröllchen, Mayonnaisekleckse gespritzt waren, an denen etwas falscher Kaviar haftete.

Doch all dies war eigentlich nur Beiherspielendes, Sättigungsbeilage, um eine der schrecklichsten deutschen Wortschöpfungen zu zitieren, die allerdings 1973 im Westen unseres Landes noch unbekannt war. Die kulinarische und überhaupt die Hauptattraktion des Tages war definitiv der Grill. Ein paar Tage zuvor hatte mein Vater extra für diese Feier einen neuen angeschafft und sicherheitshalber bereits mehrmals ausprobiert. Jetzt stand das Teil etwas weiter hinten im Garten, und das war auch gut so, denn die weiß glühenden Kohlen verbreiteten sogar im weiteren Umkreis eine sagenhafte Hitze. Meinem Vater lief, wenn er am Grill arbeitete, der Schweiß in Strömen über die Stirn. Für das Grillgut hatte wieder mein Onkel gesorgt; und wenn mich meine Erinnerung nicht trügt, bestand es ausschließlich aus gigantischen Koteletts und doppeldaumendicken Steaks. Dies war definitiv kein Tag für Würstchen.

Es war, da bin ich mir absolut sicher, eine gelungene Feier. Am Nachmittag schaute sogar der Inhaber und Direktor der Firma vorbei, in der mein Vater damals schon über 20 Jahre arbeitete. Es war eine sehr große Firma und der Chef ein würdiger und wichtiger Mann. Er saß zusammen mit seinem Fahrer auf unserer Terrasse und aß und trank mit uns. Mein Vater war so gerührt, dass selbst ich es durch den emotionalen Dunstschleier meiner Spätpubertät spürte.

Am Vormittag war bereits die Sekretärin des besagten Chefs mit ihrem kleinen, offenen Zweisitzer gekommen. Sie sollte die Einzige sein, die sich in Sachen Verzehr eine gewisse Extravaganz leistete, indem sie nach etwas fragte, das sie in ihren Kaffee kippen könnte. Wir fanden eine Flasche Cognac, für die sich bei uns keiner interessierte, und damit schoss sie sich binnen kürzester Zeit dermaßen ab, dass mein Vater der Dame ein Taxi rufen und den Zweisitzer etwas weiter abseits parken musste, damit ihr Chef ihn nicht sah.

Alle anderen Beteiligten an dieser Feier hatten keinerlei Sonderwünsche. Ich hätte das erfahren. Nein, sie aßen und tranken, was auf dem Tisch stand und was ich in regelmäßigen Fuhren an Nachschub vom Grill dorthin brachte. Als spätabends die letzten Gäste gegangen waren, standen meine Eltern vor den Buffettischen. Sie waren sehr zufrieden: Es war kaum so viel übrig geblieben, dass wir drei am Sonntag davon satt werden würden. Zweifellos hatte es also allen geschmeckt, was mein leicht angeschlagener Vater bei seinem schwankenden Gang ins Bett mehrmals bekräftigte. Und ja, in der Tat: So sah im August 1973 eine rundum gelungene Feier aus.

Warum erzähle ich so ausführlich vom Geburtstag meines Vaters? Gut, es sollte für einen Sohn immer einen Grund geben, sich an seinen Vater zu erinnern. Aber, lieber Papa, entschuldige bitte, deine Geburtstagsfeier und insbesondere ihre kulinarische Verfassung sind nur ein Beispiel, mit dem ich in Erinnerung rufen möchte, wie viel alltagskulturelle Selbstverständlichkeit früher einmal das Zusammenleben der Menschen bestimmte. Und früher, das heißt: vor nur einer Generation.

Dafür gab es Gründe. Die Männer und Frauen auf der Geburtstagstagsfeier meines Vaters waren allesamt Kriegs- und Vorkriegsmenschen, das bedeutet: Sie waren durch die Zeit des Nationalsozialismus, den Krieg und die Nachkriegszeit geprägt worden. Unter anderem hieß das für sie alle ausnahmslos, dass Essen und Trinken etwas undiskutierbar Positives, nein, Großartiges war, dem man mit Freude und Appetit zu begegnen hatte und nicht mit – wie hieß das damals? – ja, richtig: nicht mit irgendwelchen Fisimatenten. Man aß und trank, was auf den Tisch kam, schon aus anhaltender Dankbarkeit gegenüber dem Umstand, dass es mittlerweile so viel zu essen und zu trinken gab.

Wenn damals einer Fisimatenten machte, dann war das der 16-Jährige mit der Zahnlücke. Also ich! Mit Schinkenröllchen konnte man mich seinerzeit jagen, jedenfalls mit der Füllung aus glitschigem Dosenspargel. Den Kartoffelsalat hätte ich höchstens dann gegessen, wenn man all die unglaublich vielen rohen Zwiebelstücke herausgenommen hätte, während mich beim Nudelsalat unter anderem die kalten und unter ihrer harten Schale irgendwie mehligen oder fauligen Erbsen störten. Gegen die Koteletts hatte ich im Grunde nichts einzuwenden; aber ich musste sie abseits der Partygäste essen, am besten oben in meinem Zimmer. Denn wenn jemand gesehen hätte, wie sorgfältig ich die Fettstreifen zwischen dem mageren Fleisch herauslöste, um so das Genießbare vom definitiv Ungenießbaren zu trennen, hätte mir das ausgesprochen peinliche Kommentare eingebracht, und meine Eltern hätten sich für mich schämen müssen. Ach ja, und die Steaks! Die waren mir zu roh und zu blutig. Absolut ekelhaft.

Schnitt. Viel Zeit ist vergangen. Mittlerweile habe ich meinen 50. Geburtstag längst hinter mir und den 60. auch. Und? Wurde wieder gegrillt? Nein. Ich hätte vielleicht gar nichts dagegen gehabt, aber das Risiko war mir entschieden zu hoch. Denn mittlerweile besteht doch die ganze Gesellschaft aus solchen Typen wie mir – also solchen, die bei jeder Gelegenheit Fisimatenten machen, und besonders dann, wenn es ums Essen und Trinken geht. Wer isst und trinkt denn heute noch, was auf den Tisch kommt?

Gehen wir es einmal durch. Zuerst das Trinken: Fast alle meine Bekannten sind ausgewiesene Kenner, denen man es in Sachen Wein nur schwer recht machen kann. Schon beim Anblick des Etiketts auf der Flasche winken sie häufig ab. Ihre Klaren oder Kurzen, pardon!, ihre Brände beziehen sie von Anbietern aus den sonnigsten Regionen der Welt, und zwar in von Hand abgefüllten, nummerierten und signierten Flaschen.

Und jetzt das Essen: Hinter den meisten meiner Bekannten steht unsichtbar ein Ernährungsberater, dessen Generalanweisungen sie mehr oder weniger eisern befolgen, jedenfalls so lange, bis sie zu einem Kollegen von ihm wechseln, der noch mehr Gesundheit oder Ernährungsgerechtigkeit verspricht. Außerdem ist jeder irgendwie intolerant, jedenfalls in Bezug auf das Essen. Und wer glaubt, er habe keine Laktose-, Fruktose-, Sorbit- oder Glutenintoleranz, dem wird bedeutet, er hätte nur noch nicht die richtigen Tests gemacht. Folglich wird nicht einfach gegessen, was lecker ist, sondern tendenziell nur das, was sich als exzellent, kontrolliert, biologisch, nachhaltig etc. etc. ausweisen kann. Nudeln zum Beispiel können nur dann gegessen werden, wenn sie aus den besten Zutaten und aus diesen handgeformt sind, und jedes Steak muss nachweisen, wo sein Spender geboren wurde und wo er geweidet hat.

In der auf meine Generation von Fisimatenten-Trägern folgenden Generation wird diese Differenzierung der Trink- und Essgewohnheiten übrigens keineswegs geringer, sondern vielmehr noch größer. Die Quote der Vegetarier oder Veganer unter den Freunden, Schul- und Studienkollegen meiner Söhne liegt nach meiner Schätzung bei etwa 40 Prozent, wobei sich die jeweiligen Auffassungen von Vegetarismus und Veganismus dramatisch voneinander unterscheiden, was die Sache natürlich nicht einfacher macht.

Ach ja, und der Grill? Der Grill, von dem sie 1973 aßen, was mein Vater schwer schwitzend vom Rost auf die Teller packte. Dieser Grill ist heute selbst dann ein Problem, wenn ich für die Vegetarier Gemüse und Tofu schmoren würde. Den Grill verübeln mir nämlich auch viele Fleischesser, weil er erstens krebserregende Substanzen produziert und zweitens wegen seiner CO_2-Emissionen zur Vergrößerung des Ozonlochs beiträgt. Außerdem stört sein Geruch die Nachbarn, und womöglich irritiert er unscheinbare, aber seltene Tiere im Garten.

Sie sehen: Lauter Fisimatenten, wie meine Eltern gesagt hätten. Aber natürlich nennen die Angehörigen meiner Generation ihre gesammelten Fisimatenten nicht Fisimatenten, sondern Individualität, und auf die sind wir auch noch stolz. Meine Söhne sind übrigens auf ihre Inividualitäten schon gar nicht mehr so stolz, weil ihnen während ihrer Sozialisation nahegelegt wurde, dass sie quasi notwendig anders ticken als ihr Nebenmensch, der wiederum anders tickt als alle anderen etc. etc.

Ein Großteil des Selbstverständlichen und des für alle Gültigen, an dem sich unsere Elterngeneration orientierte, ist perdu gegangen – und nicht nur beim Essen und Trinken. Wie ein Vorgarten aussehen sollte, ob ein Auto samstags geputzt werden soll oder nicht, was eine schicke Hose ist, was man im Büro und im Theater trägt, ob Goethe ein bedeutender Schriftsteller ist, ob Käsefondue geht oder gar nicht geht, ob man bei IKEA Möbel kaufen kann oder nicht, ob man Waffen in Krisengebiete liefern sollte, ob bunte Turnschuhe nur bis 30 erlaubt sind oder doch bis 40, ob der Mindestlohn die Gesellschaft gerechter macht und ob der öffentliche Personennahverkehr als Alternative zum Individualverkehr ausgebaut und gefördert werden soll – alle diese Fragen sind heute hochgradig strittig. Und was die Sache noch schwieriger macht: Die Antworten auf diese Fragen korrelieren keineswegs eindeutig mit den Programmen der politischen Parteien. Nein, wir sind allesamt radikale Individuen geworden, wir lassen uns von keiner Partei unseren Meinungsalltag vollständig möblieren. Stattdessen trägt jeder Einzelne ein Ich-Paket mit sich herum, in dem ein kunterbunter Haufen von oft recht disparaten Einzelmeinungen und Einzelüberzeugungen liegt.

Man findet heute Vegetarier und Abstinenzler unter den Fußballfans, während zwei leidenschaftliche Abtreibungsgegner ansonsten keine Gemeinsamkeiten haben müssen, erst recht keine religiösen. Wer zu IKEA oder ALDI geht, tendiert dazu, alle anderen IKEA- oder ALDI-Kunden zu verachten, während nicht ausgeschlossen ist, dass ein Fernfahrer und eine Theologieprofessorin gleichermaßen militante Gegner einer Flughafenerweiterung oder eines Tierversuchslabors sind.

Ich komme auf mein erstes Beispiel zurück: Eigentlich müssten alle diese Fisimatenten dafür sorgen, dass heutzutage jeder, aber auch jeder allein an seinem Tischlein im Single-Appartement oder an seinem Tischlein im Spezialitäten-Restaurant sitzt und sein Single-Spezialessen verzehrt. Eigentlich müssten die Grills in unserer Republik vor lauter Individualisierung und Differenzierung dauerhaft kalt bleiben.

Doch das tun sie ja keineswegs. Im Gegenteil! Kaum sind die Außentemperaturen einigermaßen geeignet, wird flächendeckend angeheizt. Früher hieß gutes Wetter einmal »Kaiserwetter«; heute hat sich der Terminus »Grillwetter« allgemein eingebürgert, so als wäre das Grillen-Können der beste und allgemeinverständlichste Indikator für schönes Sommerwetter. Es gibt Grills zu kaufen, neben denen der meines Vaters aussehen würde wie ein archäologischer Ausgrabungsfund. Das sind Hightech-Geräte, die das Grillgut ebenso schützen sollen wie die Leber der Gäste und die Ozonschicht der Erde. Es gibt aber auch billige Einweggrills mit eingeschweißter Kohle, die man an der Tankstelle kaufen kann, um dann irgendwo im Park zu grillen, total spontan und womöglich sogar an verbotenen Plätzen, vollkommen wild, gewissermaßen als Ausdruck einer archaisch-rebellischen Selbstversorger-Mentalität. Kurz gesagt: Wir sind ein Volk von Grillern geworden.

Aber wie kann das sein? Wie ist das möglich? Da schwinden einerseits die Gemeinsamkeiten und die Selbstverständlichkeiten rund um die Esstische und Buffets, andererseits versammelt sich eine ganze Nation mit wachsender Begeisterung um den Grill.

Ich persönlich kann mir das nur mit dem Einsatz jenes Verfahrens erklären, das wir selbst zu Hause anwenden, wenn wir neue Bekannte einladen oder die Freunde unserer Kinder zum Essen bleiben. Das Verfahren ist nicht allzu kompliziert. Es heißt: Drüber-Reden. Wenn meine Eltern und ihre Gäste in den Sechziger- und Siebzigerjahren über das Essen redeten, dann blieb es bei den konventionellen Bekundungen: dass es »gut geschmeckt« habe und man »pappsatt« geworden sei. Heute hingegen reden fast alle gern und differenziert über das Essen, gefragt oder ungefragt: vor dem Essen, während des Essens oder danach – also eigentlich dauernd.

Sollte jemand nicht wissen, wie man über das Essen parliert, so bekommt er überall gute und preiswerte Hilfe. In den Kochshows, von denen im Fernsehen Dutzende laufen, wird natürlich gekocht; vor allem aber wird dort über das Kochen und damit auch über das Essen geredet. Darüber hinaus gibt es Hunderte, wenn nicht Tausende von zum Teil höchst spezialisierten Kochbüchern sowie Koch- und Ess-Tipps im Radio, von der unübersehbaren Menge der Koch- und Ess-Seiten im Internet ganz zu schweigen. Was speziell das Thema Grillen angeht, so gibt es für den, der richtig ernst machen will, Grillmeisterschaften auf regionaler, auf Landes-, Bundes- und Weltebene, zu denen man sich übrigens auch als Laienschiedsrichter anmelden kann.

Das Thema Essen ist eines der populärsten, wenn nicht das populärste Thema unserer Republik. Und das aus gutem Grund, denn es gilt auch und gerade am Esstisch, das verschwundene Selbstverständliche durch den Diskurs zu ersetzen. Diesen Diskurs üben vor allem die Kochshows im Fernsehen ein. Womöglich sind sie es, die dafür sorgen, dass sich heute überhaupt noch zwei Menschen an denselben Tisch setzen können.

Denn was wird hier praktiziert? Nun, man lernt bei den TV-Köchen, seine Individualität zu demonstrieren und zu schützen, indem man sich gewissermaßen an das Essen heranspricht. Die TV-Köche sind die Groß- und Lehrmeister in der Substitution von Selbstverständlichkeit durch individuelle Kennerschaft und in der Ermöglichung gemeinsamer Mahlzeiten durch ein angeregtes Gespräch über Biofleisch, asiatische Würzmischungen und die Niedrigtemperaturgarmethode. Nicht umsonst sind sie zu Stars geworden, denn sie sind die Moderatoren, wenn nicht die Retter einer Gesellschaft, die vor lauter Individualität von der Vereinzelung bedroht wird. War früher der Hunger das Schreckgespenst, so ist es heute der kalte Grill, um den sich niemand mehr schart. Die TV-Köche sorgen dafür, dass niemand neben einem Grill oder einem Buffet stumm vor sich hin schmollen muss wie der eingangs erwähnte 16-Jährige mit der Zahnlücke. Andererseits sorgen sie dafür, dass kaum einer seinen Grill anfeuert, ohne vorher darüber nachgedacht zu haben, was er für die anwesenden Vegetarier auf den Rost legen kann. Ich sage es noch einmal: Was an undiskutierten Konventionen, Gemeinsamkeiten und Selbstverständlichkeiten geschwunden ist, kann durch erhöhte Kennerschaft und Kommunikationsbereitschaft, durch ein gewisses Maß an Toleranz und Flexibilität wieder wettgemacht werden.

Aber machen wir uns nichts vor: Die immer feinere Ausdifferenzierung der individuellen Lebensgewohnheiten und Überzeugungen hat den

Alltag zu einem Parcours von Stolperfallen und Fettnäpfchen gemacht. Wir merken das im Privaten, wenn beispielsweise fast alle sich enthusiastisch über den Nachtisch äußern und einer sich dann ganz überraschend als leidenschaftlicher Feind allen Zuckers zu erkennen gibt. Wir sehen es aber auch im Politischen, wenn praktisch alle größeren Vorhaben extrem differenzierte und massiv vorgetragene Proteste auslösen.

Als mein Vater 1973 seinen 50. Geburtstag feierte, richtete sich das politische Interesse der meisten Bundesbürger vor allem auf die Außenpolitik, konkret etwa auf den Umgang mit den Hinterlassenschaften des Zweiten Weltkriegs, also auf die Aussöhnung mit den osteuropäischen Staaten, sowie auf das militärische Engagement der USA in Vietnam. Es herrschte noch die Vorstellung, dass sich anhand der Einstellung zu solch »großen« Fragen zugleich die Summe der eigenen politischen Überzeugungen artikulieren lasse. Solche Corporate Identity des Individuums ging bis ins äußere Erscheinungsbild. Einen Befürworter der Brandt'schen Außenpolitik konnte man 1973 mit bloßem Auge von einem Brandt-Gegner unterscheiden, nämlich durch Frisur, Kleidung, Brille etc.

Politik wurde damals gewissermaßen top down verstanden, das heißt: als ein Streit weniger, erkennbar differenzierter Systeme und Weltanschauungen um die Vorherrschaft. Die mittleren und kleinen Fragen des Alltags, so die damalige Überzeugung, würden sich alle von selbst klären, wenn ganz oben die richtige Partei mit dem richtigen Programm am Ruder säße. Mag sein, dass es schon mehr als drei oder vier Weltbilder gab, aber es waren wenig genug, um nahezu perfekt und restlos in der damals existierenden Parteienlandschaft aufzugehen.

Heute aber gibt es beinahe so viele Weltbilder wie Individuen. Wenn es früher einmal leicht sarkastisch hieß, Demokratie sei die Unterdrückung von Minderheiten, so gilt das nun wirklich überhaupt nicht mehr. Denn die Minderheiten sind heute immer so groß und vor allem so laut und präsent, dass keine Mehrheit mehr gegen sie regieren kann. Bei den letzten Bundestagswahlen wurde das zweimal bewiesen. Da entschied sich nämlich der Zeitgeist dafür, es gar nicht auf eine dauernde parlamentarische Auseinandersetzung über die große Richtung und die großen Fragen ankommen zu lassen. Stattdessen installierte er eine Große Koalition, was bedeutete, dass die wesentlichen Differenzen nicht mehr im öffentlichen Streit der Richtungen ausgetragen, sondern am Kabinettstisch und damit quasi auf Verwaltungsebene erledigt werden sollten.

Und ähnlich ist es heute auf allen Ebenen. Wenn Kommunen, Unternehmen, Familien oder auch nur Geburtstagspartys funktionieren sollen, müssen sie ein aktives und kompetentes Minderheiten- sowie ein Beschwerde-Management betreiben, da praktisch jeder Einzelne permanent macht, was man früher Fisimatenten nannte, indem er als Minderheit auftritt und vehement seinen Schutz reklamiert. Es wird einfach nicht mehr gegessen, was irgendeine Mehrheit auf den Grill legt, es wird auch nicht schweigend gehungert. Stattdessen leben wir auf einer permanenten Grillparty, die einen Großteil ihres Smalltalks darauf verwenden muss, die Bedingungen ihrer Möglichkeit zu klären.

Wenn das gelingt, dann ist es, wie Karl Valentin über die Kunst sagte, sehr schön, aber es macht auch furchtbar viel Arbeit. Und ich sage es frei heraus: Das kann einem auch sehr auf die Nerven gehen. Mir zum Beispiel geht es sehr auf die Nerven, wenn jede Pasta und jedes Hüftstück mit Eimern von Konversationssoße überschüttet werden, bis man sie gar nicht mehr erkennt. Kurz nach dem 50. Geburtstag meines Vaters konnte ich zusammen mit der Pubertät meine eigenen Fisimatenten loswerden, jedenfalls die am Esstisch. Seitdem bin ich stolz darauf, alles essen zu können, was auf den Tisch kommt; und aus Freude darüber habe ich es auch meistens getan. Zum Beispiel in der Kantine eines Pionierbataillons in Wuppertal und in der Mensa der Universität Münster oder während meiner Reisen mit dem Goethe-Institut durch die Welt. In Korea habe ich Seegurken gegessen, die noch nicht lange oder vielleicht gar nicht tot waren, in China ein gehacktes Huhn mit Knochen und Innereien, in Sibirien Fleisch, das vor lauter Fett fast flüssig war, in Dallas einen Hamburger, der 27 Zentimeter in der Höhe maß. Und hierzulande, ich traue mich kaum, es zu sagen, wünschte ich mir mehr Restaurants, deren Speisekarte auf einen Bierdeckel passte, statt mich auf eine kulinarische Weltreise und in eine unendliche Diversifizierung zu schicken.

Natürlich sage ich nichts gegen die Individualität! Man verstehe mich bitte nicht falsch. Aber Fisimatenten sind noch kein Garant für echte Persönlichkeit. Und ich wage die Behauptung, dass sich das Individuum erst richtig bewährt, wenn es in der Lage ist, sich mit anderen an einen Tisch zu setzen, zu essen und zu trinken, freundlich einander zugetan – ohne allzu viel Gerede über Küchenangelegenheiten.

10

Leben im Denkmal
oder:
Seelsorge für Schönheitssucher

Ich darf mich vielleicht zuerst einmal vorstellen: Mein Name ist Wolfgang Müller, ich bin 48 Jahre alt, verheiratet, meine Frau ist freiberufliche Kostümbildnerin, wir haben zwei Kinder, 14 und 12.

Ja, und das stimmt auch alles – bis auf meinen Namen. Also, ich heiße anders. Eigentlich wollte ich hier bei Ihrem Kongress über historische Innenstädte gar nicht auftreten. Aber dann haben mich die Veranstalter überredet. Herr mhmhmh, haben sie gesagt, bitte machen Sie das! Reden Sie zu den Leuten. Wir müssen auch einmal jemanden von den Betroffenen hören. Das ist für uns Fachleute wichtig. Wir brauchen so einen Blick von der anderen Seite.

Und Sie können das doch! Haben die Veranstalter gesagt. Sie meinten damit: auftreten und frei sprechen. Und vor allem: eine Sache von verschiedenen Standpunkten aus sehen. Das muss ich nämlich in meinem Beruf. Ich bin Food-Stratege in einem Lebensmittel-Konzern.

Ja, ich weiß. Wenn ich das sage, dann gibt es oft Grinsegesichter. So wie ich sie jetzt hier sehe. Aber vielleicht können Sie sich das vorstellen: Ein großes Unternehmen wird nicht Unsummen in die Entwicklung einer neuen Produktreihe von Dosensuppen investieren, ohne sich vorher zu fragen, ob die später auch jemand kaufen wird. Klar! Und da kommt dann meinesgleichen ins Spiel. Wir geben Prognosen ab, wir machen auch Vorschläge. Fragen Sie nicht, wie wir das machen, das sind Berufsgeheimnisse. Nein, das war natürlich ein Scherz. Aber ein bisschen Erfahrung braucht es schon.

Na, jedenfalls sagten die Veranstalter: Wer so einen Beruf hat, der hat doch auch den Überblick. Wer erklären kann, warum man jetzt unbedingt eine Produktlinie mit klassischen Eintöpfen auflegen sollte, der kann auch erklären, wie es ist, in einem Denkmal zu leben. Das haben sie nicht genau so gesagt; aber gedacht haben sie es.

Na ja, ist schon okay. Ich habe mit meiner Frau darüber gesprochen, und wir haben entschieden, dass ich es mache. Weil es ja auch für uns eine Chance ist, wenn wir einmal zusammenfassen, was uns in den letzten Jahren so umgetrieben hat. Wir sind ja selbst schon drauf und dran, den Überblick zu verlieren. Da tut es gut, sich einmal hinzusetzen und nacheinander aufzuschreiben, was einem passiert ist. Und deswegen werde ich Ihnen jetzt alles erzählen. Alles, außer meinem richtigen Namen.

Also, wir wohnen in – nein, das sage ich Ihnen auch nicht. Das würde Sie nur ablenken. Was Sie wissen müssen, ist das: Es geht um ein kleines Städtchen, weniger als 10.000 Einwohner, etwa 30 Kilometer entfernt von einer großen Stadt, von einer sehr großen Stadt. Sie können sich das vorstellen? Gut. Nun, so ein kleiner Ort, der hat es schwer. Der hängt am Tropf. Was hier an Geschäften ist, macht nach und nach zu, einfach nicht konkurrenzfähig. Für größere Sachen fahren die Leute in die Großstadt, alles andere kaufen sie übers Internet.

Andererseits, die Entfernung zur Großstadt, ja, in unserem Fall ging das gerade noch so. Anbindung über eine Autobahn. Und deshalb haben viele Leute hier gebaut. Sie konnten sich damals hier ein Einfamilienhaus bauen lassen, und anschließend war die monatliche Belastung halb so groß wie die Miete für eine Dreizimmerwohnung in der Großstadt. Also wurde unser Ort eine klassische Schlafstadt.

Aber die Zeiten sind mittlerweile vorbei. Die Leute, die hier gebaut haben, die sind jetzt 70 und älter; die wollen nicht mehr für jede Tüte Milch den Diesel anschmeißen. Und ihre schönen Häuser sind ihnen längst zu groß geworden; viele von ihnen wollen jetzt zurück in die Stadt. Und natürlich erst recht die, die gesundheitliche Probleme haben. Allerdings kommen für sie keine neuen Stadtflüchter mehr; da machen sich nun die geburtenschwachen Jahrgänge bemerkbar. Stellen Sie sich vor, es gibt schon Häuser in unseren Neubausiedlungen, die seit Jahren leer stehen.

Für so einen Ort ist das natürlich eine Katastrophe. Sinkende Einnahmen, überall. Alles, was von der Gemeinschaft lebt, geht den Bach runter. Sogar die Realschule soll demnächst geschlossen werden. Aber zum Glück – na ja, ob Glück, darüber reden wir später noch – hat unser Ort seit zehn Jahren einen Bürgermeister, der von Anfang an gesagt hat, er werde der demografischen Entwicklung und ihren Folgen nicht tatenlos zusehen. Er lasse nicht zu, dass unser Ort dem demografischen Wandel zum Opfer falle.

Ja, so redet der Mann. Aber er redet nicht nur. Am Tag nach seiner Wahl ist er vor den Stadtrat getreten und hat gesagt: Achtung, alle mal herhören! Soundso – also der Name unseres Ortes –, das ist ab jetzt: »Die Fachwerkperle am Kanal.«

Den Leuten sind die Kiefer runtergeklappt. Ich war nicht dabei, aber man hat's mir erzählt. Und es steht natürlich bei Facebook: »Die Fachwerkperle am Kanal!« Wörtlich so.

Gut, einen Kanal, den hatten wir tatsächlich. Er führt mitten in die Stadt hinein, wurde allerdings für überhaupt gar nichts mehr gebraucht. Das heißt, wofür der gebraucht wurde, das will ich hier lieber nicht erklären. Und Fachwerk, gut, das gab es auch. Im Krieg ist unser Ort ja verschont geblieben. Doch die alten Fachwerkhäuser in der Altstadt, die waren entweder mit Eternit-Platten verkleidet oder sie standen leer, weil sie knapp vorm Einstürzen waren. Ehrlich gesagt, war unsere Altstadt eine No-go-Area. Nicht so schlimm wie Harlem vielleicht, aber für unsere Verhältnisse kein guter Ort. Ein paar ungemütliche Kneipen, ein Tattoo-Shop, ein paar Ein-Euro-Läden. Und die Bewohner, na ja, das waren nicht mehr viele, und es waren Leute, die sich irgendetwas anderes nicht leisten konnten. Ein ganz bedauernswerter Zustand. Und – wenn ich das noch dazu sagen darf – einer, der stank, in einem höchst unmetaphorischen Sinne: nämlich nach Kanal.

Ja, und genau dieses Viertel an der stinkenden Kloake, diese Versammlung von Bruchbuden erklärte unser Bürgermeister zum Zentrum der Zukunft. Zum Motor des Aufstiegs! Indem wir, so sagte er damals, Moment, ich zitiere wörtlich: »indem wir das historische Potenzial unserer Stadt nutzbar machen, um die Attraktivität unseres Stadtkerns dahingehend zu steigern, dass sie auch und besonders im touristischen Kontext Früchte trage.«

Grauenhafter Stil, ich weiß. Keine Ahnung, wer dem Mann die Texte gemacht hat. Er selbst ist eher so eine handfeste Type. Die meiste Zeit redet er auch eher Klartext. Wir hätten keine Alternative, sagte er damals. Wenn wir das Kanalviertel sich selbst überließen, dann würde es irgendwann die Stadt übernehmen müssen. Die natürlich kein Geld habe. Jetzt aber sei die letzte Gelegenheit, die Immobilienbesitzer der Altstadt an einen Tisch zu bekommen und einen Neuanfang zu machen. Und das mit deren Geld!

So, das ist der Punkt, an dem wir ins Spiel kommen, meine Frau und ich. Wir waren nämlich Immobilienbesitzer im Kanalviertel. Das heißt, nicht wir, aber ein Onkel meiner Frau. Dem gehörte eines der Häuser in der ersten Reihe, also direkt an diesem stinkenden Loch. Das Haus stand seit Jahren leer. Da wohnten nur ein paar Katzen. Allerdings hatte es eine Einfahrt zu einem Innenhof, gerade mal breit genug, damit Autos durchfahren konnten; und die Schuppen rund um den Innenhof waren als Garagen vermietet. Und als Räume für alles Mögliche. Einmal hatte die Polizei dort so eine Art Drogenlabor ausgehoben. Ja, und auf dem Balken über der Einfahrt stand: Erbaut im Jahre des Herrn 1634.

Das konnte einem schon wehtun. Ich kannte das Haus damals nur von Fotos. Wir waren nie dagewesen, obwohl es ja nicht so weit weg war. Der Onkel meiner Frau wohnte wie wir in der Großstadt. Gelegentlich besuchten wir ihn. Das Haus am Kanal war seit ich weiß nicht wie lange im Besitz der Familie. Der Onkel konnte sich nicht davon trennen, wahrscheinlich hätte er auch gar keine Käufer gefunden. Und nun kommt der Knackpunkt: Er hatte keine Kinder, und wir mussten fürchten, dass meine Frau diese Bruchbude einmal erben würde. Natürlich hätten wir das Erbe ausschlagen können, aber darüber haben wir so gut wie nie geredet. Wir haben das verdrängt.

Ja, und dann saßen wir auf einmal stellvertretend für den Onkel in diesem Rathaus und guckten uns Architekturzeichnungen und Computeranimationen an. Den sogenannten Masterplan. Titel: »Wohnen und Leben im Fachwerk am Kanal.« Untertitel: »Eine Stadt erfindet sich neu.« Sah natürlich großartig aus. Pittoreskes 17. Jahrhundert mit Elektroanschluss und Glasfaserkabel. Auf den Straßen flanierende Menschen im romantischen Laternenlicht, urige Lokale direkt am Wasser, gerade legt ein alter Lastkahn an und wird entladen, ein Fuhrwerk klappert übers Kopfsteinpflaster, die Kinder haben Holzschuhe an, spielen mit Rad und Kreisel und kriegen Bio-Softeis.

Ich hätte damals fast geheult. Verstehen Sie mich nicht falsch: vor Wut natürlich! So ein Über-Fake, ich dachte, das gibt's doch nicht. Eine Lüge in Holz und Beton. Ich glaube, ich habe auch so was Ähnliches gesagt. Ganz sicher weiß ich, dass ich gesagt habe, unser Haus könnten sie gern haben, das würden wir jedem schenken, der auf die bescheuerte Idee käme, in solch ein potemkinsches Dorf auch nur einen Cent zu investieren.

Ich war übrigens nicht der Einzige, der sich, sagen wir, negativ äußerte. War keine gute Stimmung bei der Versammlung. Da waren die Leute schon mit diesen Bruchbuden geschlagen, mit denen sich absolut nichts mehr verdienen ließ, und jetzt sollten sie auch noch Abertausende investieren, um so ein Disneyland aufzubauen. Aber, was soll ich sagen, der Bürgermeister hat die Leute rumgekriegt! Oder besser: Er hat dermaßen Stimmung für sein großes Stadterneuerungsprojekt gemacht, dass der Druck auf die Besitzer immer größer wurde. Schließlich haben sie entweder mitgemacht oder sie haben verkauft, an jemanden, der unbedingt mitmachen wollte.

Meine Frau hatte mittlerweile von ihrem Onkel die Verfügungsrechte bekommen. Wir selbst wollten natürlich verkaufen. Der Onkel war allerdings schwer begeistert vom Bürgermeister und von seiner Initiative. Immer habe er so ein schlechtes Gewissen gehabt wegen dieser Bruchbude, sagte der Onkel, und jetzt – dass er das noch erleben dürfe! Sein Ur-Großvater – also der Ur-ur-ur-Großvater unserer Kinder –, der hätte schon in dem Haus als Kaufmann gelebt und Handel mit aller Welt getrieben, und jetzt würden da demnächst wieder Menschen leben und mit China und Indien telefonieren.

Es war natürlich nicht schwer zu verstehen, wen er damit eigentlich meinte: nämlich uns. Wir sollten da leben und telefonieren. In Fortsetzung der schönen Familientradition. Für mich kam das damals absolut nicht infrage. Andererseits wollten wir dem Onkel nicht wehtun. Also versuchten wir, irgendwie auf Zeit zu spielen. Und dann, als der Druck schon ziemlich stark wurde, sollte unsere Wohnung in der Stadt vom Vermieter renoviert werden. Auf die ganz feine Art und mit einer anschließenden Mieterhöhung, die sich gewaschen hätte.

Also fingen wir an, das durchzurechnen, bloß aus Interesse. Ich meine die Renovierung vom Haus am Kanal. Natürlich würde die teuer werden. Und 30 Kilometer mal zwei pro Tag, das ist auch kein Pappenstiel. Andererseits würde die Miete wegfallen, und so ein renoviertes Haus, wenn es denn tatsächlich in einer guten Gegend steht, na ja, das kann man später vielleicht mit Gewinn verkaufen. Und irgendwann, ich kann mich gar nicht mehr genau erinnern, da haben wir gesagt: Okay, wir machen das.

Ich nehme mal an, so, wie Columbus gesagt hatte: Amerika – wir machen das. Oder die Jungs von Apollo 13: Der Mond, was soll's, wir machen das.

Mein Gott, was waren wir naiv! Wenn man uns damals ein Fünf-Minuten-Video von dem gezeigt hätte, was uns erwartete, wir hätten unserem Hausbesitzer in der Großstadt jede Miete bezahlt und wären auch noch dankbar dafür gewesen. Damals dachten wir: Wir kriegen jetzt einen günstigen Kredit – von wegen Denkmalrenovierung und städtischer Masterplan, und dann kommt eine Baufirma und zaubert uns aus der Bruchbude von 1634 ruckzuck ein stylisches Hightech-Haus mit barocker Kleinstadtanmutung. Also 21. Jahrhundert mit echtem Hanseflair. Und wir ziehen dann ein und schicken unseren Arbeitskollegen eine Ansichtskarte von unserem Haus. Text: Wohnt ihr noch oder lebt ihr schon?

Und eigentlich war es ja auch genau so. Wir bekamen tatsächlich einen rasend günstigen Kredit, und die Baufirma hat aus dem Haus ein absolutes Schmuckstück gemacht. Alles richtig! Aber der Teufel steckt im Detail. Und wenn so ein Haus fast 400 Jahre alt ist, dann besteht es aus Millionen von Details und in jedem davon steckt wieder eine Million Teufel.

Ich weiß noch, wie uns der Bauleiter anrief, das war, als die Gefache ausgeräumt waren, ja, solche Fachausdrücke beherrsche ich jetzt, leider! Also, die Gefache waren ausgeräumt, das Haus sah aus wie sein eigenes Skelett, da ruft dieser Mann an und sagt in diesem typisch grundlakonischen Handwerker-Tonfall: Die Fundamente sind verrottet.

Bei ihm klang das so: Difunamtsnrott't. Kann ich gar nicht nachmachen. Aber es bedeutete natürlich: Wir müssen Stück für Stück neue Balken einsetzen. Ich könnte Ihnen jetzt beschreiben, wie das vor sich ging, aber ich fürchte, Sie würden das nicht verstehen. Denken Sie einfach, dass es ungefähr so kompliziert war wie das Einsetzen eines künstlichen Oberschenkelhalses, aber wesentlich länger dauerte und wesentlich teurer war. – Und solche Anrufe bekamen wir fast jeden Tag. Ich bin eine Zeitlang gar nicht mehr an mein Handy gegangen.

Und dann die Leute vom Denkmalschutz! Das war ein Kapitel für sich. Nach einiger Zeit haben wir es sportlich genommen. Wir sagten uns: Das ist ein Spiel. Die Denkmalschützer sind unsere Gegner. Sie wollen uns nichts Böses, sie hassen uns nicht, sie wollen nur gewinnen. Und bei uns ist es genauso. Wir hassen die Leute nicht, wir wollen auch nur gewinnen. Und das ging dann so:

Der Mann vom Denkmalschutz sagt zum Beispiel: Sie müssen die Gaube restaurieren. Wegen des ästhetischen Gesamtbilds und der historischen Stimmigkeit. Darauf sagen wir: Nö, machen wir nicht. Ist zu teuer, können wir nicht bezahlen. Jetzt nur für Sie: Das war auch teuer. Allerdings brauchten wir die Gaube, weil wir das Dachzimmer für die Kinder ausbauen wollten. Aber davon kein Wort, wir stellen uns quer. Keine Gaube. Daraufhin droht uns der Mann vom Denkmalschutz mit der Baupolizei und dem Gericht. Wir heulen und jammern. So in dem Stil: Wir haben doch schon alles für das Projekt »Fachwerkperle am Kanal« geopfert, und jetzt sind wir pleite, und unsere Kinder müssen demnächst hungern. Der Mann vom Denkmalschutz aber bleibt eisern. In Sachen Gaube gibt er keinen Zentimeter nach. Ich sage Ihnen, das war ein harter Knochen. In der Wolle grün gefärbt, aber autoritär wie sonst was. Also bauen wir schließlich die Gaube, unter lautem Heulen und Zähneknirschen.

Als der Denkmalschützer nun das nächste Mal auf die Baustelle kommt, arrangieren wir es so, dass er in einen vorher sorgfältig inszenierten Familienstreit platzt. Unser Ältester jammert, weil er nicht mit auf den Schulausflug gehen kann. Tja, da können wir nichts machen, wir müssen eben überall sparen, die teure Gaube usw. usw.

Ein paar Wochen später hat der Denkmalschützer etwas am Badezimmer zu meckern. Zu groß und zu modern, bla bla bla. Prompt kriegt meine Frau einen Weinkrampf. Und er? Was macht er? Lenkt sofort ein! Von wegen, da gebe es ja einen gewissen Ermessensspielraum. Natürlich nur, weil wir dafür gesorgt hatten, dass er ein schlechtes Gewissen hatte. Auf diese Art und Weise haben wir Sachen durchgekriegt, von denen unsere Nachbarn jetzt nur träumen können. – War irgendwie auch eine schöne Zeit. Wir wissen jetzt jedenfalls, was das Wort Familienbande bedeutet.

Aber das sind ja eigentlich nicht die Sachen, von denen ich Ihnen erzählen sollte. Ich habe das alles nur erwähnt, damit Sie sich ein Bild machen können. Eigentlich sollte ich davon erzählen, wie das jetzt so ist, in einem Denkmal zu leben. Mittlerweile sind ja die letzten Häuser der Altstadt renoviert und bezogen. Und ich sage Ihnen, wenn wir gewusst hätten, was da auf uns zukommt ... na, das sagte ich ja schon!

Wir hatten einfach zu kurz gedacht. Unser Spruch war immer: Lieber Gott, lass die Bude endlich fertig werden, und dann ist gut. War es ja auch. Ich meine, das Haus. Das ist wirklich sehr schön geworden. Ganz toll. Wenn unsere Freunde und Arbeitskollegen aus der Großstadt zum ersten Mal zu uns zu Besuch kamen, dann saßen die da, ich sage Ihnen: sprachlos vor Neid. Die mit ihren Bulthaup-Küchen und Designersofas, alles auf 75 Quadratmetern und hinter Doppelverglasung. Bei uns hat jeder ein eigenes Zimmer, jeder! Und dann kommt da noch der Hof mit der Garage und mit der Werkstatt meiner Frau, die hat allein über 40 Quadratmeter. Nein, das ist schon wahnsinnig schön geworden.

Was wir aber nicht wussten und was wir auch nicht ahnten, war, dass uns der Umzug aus der Großstadt an diesen Kanal auf eine Zeitreise schicken würde. Oder besser gesagt: auf eine doppelte Zeitreise. Ich könnte auch sagen, er hat uns in die Schizophrenie geschickt. Denn einerseits wohnen wir jetzt in einem tipptopp rekonstruierten Altstadtviertel des 21. Jahrhunderts. Mit Strom und Internet. Und andererseits wohnen wir im 17. Jahrhundert. Denn als die Häuser fertig und die Leute eingezogen waren, da ging es erst richtig los. Jetzt hatte unser Bürgermeister seine Fachwerkperlen am Kanal, also wollte er auch damit spielen!

Als Erstes kam der große Kanal-Tag. Die Einweihungsfeier unseres Viertels. Ich dachte: Na, meinetwegen. Das ist angemessen. War ja auch eine Menge Arbeit, bis alles so aussah, wie es jetzt aussieht. Der Kanal war inzwischen ausgebaggert worden, und wir hatten fast so etwas wie einen Hafen. Lag auch schon so ein alter Kahn darin vertäut, inklusive Besitzer mit pittoreskem Bart. Also haben wir, die Anwohner, natürlich alle mitgemacht. Dass meine Frau Kostüme schneidert, hatten wir leider nicht geheim halten können. Also musste sie mal eben in Tag-und-Nacht-Schichten jede Menge 17. Jahrhundert nähen, und das nicht nur für Kinder. Was ich getragen habe, können Sie übrigens in allen Flyern unseres City-Marketings sehen. Der Lastenträger rechts außen auf dem Foto vom historischen Kanal-Tag, das bin ich. Zum Glück kann man mein Gesicht nicht erkennen.

Es war aber sehr schön, das muss ich zugeben, besonders abends, als es dunkel wurde. Da kamen dann lauter Boote mit Kerzen drauf den Kanal herunter. Und die Kerzen spiegelten sich in den Fenstern der Häuser. Der Bürgermeister hat gesprochen, sehr ergreifend, ein paar von unseren Nachbarn haben geweint. Manche vor Glück, die meisten aber wahrscheinlich vor Erschöpfung.

Doch danach fing der Terror erst richtig an. Gut, Terror ist natürlich hoch gegriffen. Ich will auch niemandem einen Vorwurf machen. Aber jetzt sollte natürlich geerntet werden, was gesät worden war. Und die Ernte hieß: Touristen. Ich habe gedacht: Lass dich nicht verrückt machen, das wird sich in engen Grenzen halten. Wer interessiert sich schon für das bisschen Fachwerk am Wasser?

Weit gefehlt! Seitdem kommen die Touristen in Massen. Meistens in Bussen. Und dann ziehen sie von April bis September an unserer Haustür vorbei. Unser Nachbar links hielt das ein Jahr aus, dann ist er ausgezogen und hat vermietet. An einen Souvenirladen. Und drei Häuser weiter ist mittlerweile eine historische Fischbraterei. Wobei »historisch« heißt, dass es den ganzen Tag penetrant nach 17. Jahrhundert riecht. Muss ich ja wohl nicht weiter erklären.

Unser Kanal hat jetzt auch wieder eine sogenannte Anbindung bekommen. Das heißt, Sie können irgendwo auf dem mitteleuropäischen

Kanalnetz ein Boot ins Wasser setzen und von dort direkt bis zu uns vor die Haustüre fahren. Da können Sie anlegen, im mittelalterlichen Hafenbistro traditionelle Gerichte oder Pizza mit Pommes essen und dabei ganz laut, wirklich ganz laut sagen, wie toll das hier ist, so ein wunderschönes und regelrecht verwunschenes Plätzchen.

Ein *historic highlight*, wie der Fachmann sagt.

Und damit das historic auch ja nicht angekratzt wird, will man uns demnächst sogar verbieten, mit dem eigenen Auto auf den eigenen Hof des eigenen Hauses zu fahren. Tatsächlich gucken die Touristen auch sehr streng, wenn man im Auto über die Kanalstraße fährt. Mir hat schon mal einer auf die Kühlerhaube gehauen.

Die Touristen gucken auch streng, wenn sie mit der Nase an der Scheibe vor unserem Küchenfenster stehen und die Dunstabzugshaube über unserem Ceranfeld-Herd sehen. Ich sehe, wie sie dann den Kopf schütteln. So ein eklatanter Stilbruch! Da müsste doch eigentlich eine offene Feuerstelle sein, nicht wahr?

Und ich sage Ihnen, die Touristen gucken sogar streng, wenn sie mich im Anzug oder unsere Kinder in Jeans aus dem Haus gehen sehen. Besser wäre es schon, wir würden historische Kostüme tragen. Immer, sieben Tage in der Woche, 24 Stunden am Tag. Und wenn ich dann am Wochenende in voller Sportmontur mit meinem Rennrad über der Schulter aus der Hofeinfahrt komme, dann kriege ich ganz besonders böse Blicke ab. Denen ich übrigens nicht so schnell entgehen kann, weil ich auf dem frisch restaurierten Kopfsteinpflaster der Kanalstraße nicht Rad fahren kann und das Bike erst einmal aus dem Viertel tragen muss.

So, jetzt kennen Sie unsere biblischen Plagen: Erst waren es die Handwerker, dann der Denkmalschutz, und jetzt: das City-Marketing. Wir kennen die Leute mittlerweile ganz gut. Okay, die machen auch nur ihren Job. Aber immer, wenn ich einen von denen bei uns auf der Straße sehe, dann weiß ich schon: Jetzt droht ein neues Event! Was im 17. Jahrhundert für unser Viertel die Seuchen und die Missernten und die Piratenüberfälle waren, das sind heute die Events. Wir hatten schon die Kanal-Parade, den Fachwerk-Tag, den Handwerker-Markt, den Hanse-Tag, die Kaufmanns-Messe und ein paar andere Weltereignisse, die ich gnädigst vergessen habe. Alles natürlich sehr schön und sehr stilvoll, na sagen wir, einigermaßen stilvoll; aber natürlich auch laut und lästig. Nein, sehr laut und über alle Maßen lästig!

Außerdem: ein stetig sprudelnder Quell unseres schlechten Gewissens. Denn während die Touristen von weit her kommen, um bei uns ein bisschen scheinbar intaktes 17. Jahrhundert zu erleben, sind wir so borniert und wollen einfach unser ganz normales Leben im 21. Jahrhundert weiterleben. Da muss man sich doch schämen, oder?

Aber jetzt, meine Damen und Herren, jetzt kommt es. Jetzt kommt das, weswegen ich heute hier zu Ihnen gekommen bin. Jetzt geht es gewissermaßen um des Pudels Kern. Denn die Leute, die Touristen, die zu uns kommen, warum tun die das eigentlich? Ich habe in den letzten Jahren viel Zeit und viel Gelegenheit gehabt, mich das zu fragen. Warum tun die Leute das? Warum reisen sie und noch ein paar Millionen anderer kreuz und quer durch Europa, um sich irgendwo authentische oder wenigstens authentisch rekonstruierte alte Architektur anzusehen? Warum sind sie wie Pilger unterwegs? Was suchen sie wirklich?

Ich kann Ihnen die Antwort geben. Ich bin ja seit Jahren mittendrin im Geschehen. Die Leute tun das, weil sie wirklich Pilger sind. Sie haben etwas verloren, es geht ihnen nicht gut. Sie sind auf der Suche, und deshalb machen sie sich auf, um dorthin zu gehen, wo sie Erlösung finden.

Ja, Erlösung. Unsere Touristen beim Kanal-Tag, die nehmen die Anfahrt auf sich, den Stau, die Parkplatzsuche, weil sie für ein paar Stunden von der Architektur der letzten 100 Jahre erlöst werden wollen. Von den Plattensiedlungen und solchen Unerträglichkeiten sowieso, aber auch von ihren sinnvoll konstruierten Reiheneinfamilienhäusern in bevorzugter Randlage, von den innerstädtischen Mehrfamilienhäusern mit Komfortwohnungen, den praktischen Appartements und stylischen Lofts. Sie wollen von all dem erlöst werden, was so praktisch und angenehm ist – weil es eben nur das ist. Weil es im Gegensatz zu unseren Fachwerkbuden keine Atmosphäre vermittelt. Weil es keine Aura hat. Und vor allem: Weil es nicht schön ist.

Ich bin kein Experte für Architektur. Aber glauben Sie mir, ich bin auf dem besten Wege, einer zu werden. Und ich denke, irgendwo im 19. Jahrhundert, da hat es einen Riss gegeben. Seitdem wird immer besser gebaut, immer sinnvoller, immer praktischer und neuerdings auch energiesparender; aber ich fürchte, dabei ist nichts mehr zustande gekommen, was die Menschen einfach lieben können, weil sie es schön finden. So ganz naiv, ohne richtigen Grund, so wie man ein Bergpanorama liebt. Oder das Meer, oder ein Kind.

Nein, das ist weg, verschwunden. Das haben wir verloren. Nehmen Sie mal den neuen Potsdamer Platz. Ja, toll. Und dann setzen Sie dagegen den Markusplatz in Venedig. Trafalgar Square in London, den Marktplatz in Brügge, Place Vendôme in Paris, Piazza Trevi in Rom. Na?

Glauben Sie mir, ich bin wirklich nicht der klassische Konservative, eher im Gegenteil. Aber wenn ich sehe, was sich seit ein paar Jahren bei uns vor der Tür abspielt, dann kann ich richtig traurig werden. Einerseits, weil die Leute offenbar so viel verloren haben. Und andererseits, weil wir ihnen das nun wirklich nicht zurückgeben können. Jedenfalls fühle ich mich allmählich damit überfordert, den Sturz der Architektur aus der Schönheit und den allgemeinen Verlust an Aura ausgerechnet in unserer Kanalstraße wiedergutzumachen. Kaum trete ich aus dem Haus, komme ich mir vor wie ein Priester, der Absolution spenden und Kranke segnen oder besser gleich heilen soll.

Unsere Altstadt hat mittlerweile einen Stern in allen Reiseführern. Und wenn wir demnächst das Europäische Kulturerbe-Siegel bekommen sollten, dann werde ich darauf vermutlich sogar stolz sein, na ja, immerhin ein bisschen. Aber ich weiß nicht, wie ich es auf Dauer aushalten soll, dass sich ausgerechnet vor meiner Haustür eine psycho-sozialästhetische Freiluft-Klinik etabliert hat. Das überfordert mich einfach.

Und ich kann nichts dagegen tun. Mittlerweile sehe ich mich selbst mit den Augen der Leute, wenn die mich ansehen. Aha, denken sie, das ist einer, der hier wohnt. Der hat es gut, denn der hat es schön. Der lebt authentisch und unentfremdet. Das schöne Fachwerk, der schöne Kanal, der schöne Balken über der Einfahrt: Erbaut im Jahre des Herrn 1634. Dieser Mann lebt in einer heilen und schönen Welt.

Und dann möchte ich gleich sagen: Nein, das tut er nicht. Er hat genau dieselben Probleme wie ihr. Sein Job nervt, die Kinder haben Probleme in der Schule, alles wird teurer. Und zusätzlich hat dieser Mann auch noch ein Denkmal, in dem er nicht nur wohnt, sondern das auf seinen Schultern lastet wie das Schneckenhaus auf der Schnecke. Denn wissen Sie was: Unser Dach ist wirklich sehr romantisch, aber um die verdammte Gaube herum ist es einfach nicht dicht zu kriegen. Im Wohnzimmer ist eine Stelle an der Wand, die immer wieder bröckelt, und kein Mensch weiß, warum, von den Experten für historisches Fachwerk ganz zu schweigen. Außerdem gibt es im Kamin so eine Einbuchtung, in die sich gewisse Tiere gern zum Sterben zurückziehen, und kein Schornsteinfeger kommt da ran. So könnte ich noch lange weitermachen.

Es gibt seit einem Jahr eine Nachbarschaftsvereinigung: Interessengemeinschaft der Anwohner im alten Kanalviertel. Wir sind ein eingetragener Verein, e. V. Wir können gewisse Dinge von der Steuer absetzen. Ich will jetzt nicht sagen: Wir sind eine Selbsthilfegruppe – aber wir sind verdammt nahe dran. Es tut einfach gut, im Jahr 2018 Leute um sich zu haben, mit denen man ganz entspannt über Holzwurmfraß und tote Ratten im Kamin sprechen kann. Oder mit denen man mal einen Brief an das City-Marketing aufsetzen kann, in dem wir uns gegen einen weiteren historischen Fischmarkt im August aussprechen. Wir sind vielleicht manchmal ein bisschen weinerlich. Oder aufgeregt. Aber das gehört dazu. Es ist der legitime Ausdruck unserer Überforderung. Und indem wir uns das immer wieder gegenseitig bestätigen, ist das alles schon etwas besser zu ertragen.

Ja, das war's wohl, was ich Ihnen sagen wollte. Ich hoffe, die Veranstalter sind mit mir zufrieden. Ansonsten: Sie können mich in der Pause gern ansprechen. Ich gebe Ihnen dann meine Adresse. Das heißt, ich habe unsere Tourismus-Flyer dabei. Nächstens haben wir wieder Kanal-Tag, und da wird die große Salzschute eingeweiht, die eine Gruppe von arbeitslosen Jugendlichen restauriert hat. Auf der spielt dann abends eine Band, und Sie können vom Ufer aus zuhören.

Aber wenn Sie dann kommen, bitte nicht an die Fenster klopfen! Es hätte auch keinen Sinn. Wir leben im Sommer mit Oropax.

11

Ruinenwert
oder:
Was kommt nach neu?

Vielleicht ist das ja nur eine Flause in meinem Kopf. Es ist allerdings eine Flause, die sich, wenn ich mich im Alltag mit Architektur beschäftige, immer wieder zu Wort meldet. Flausen können das, es ist sogar ihre Lieblingsbeschäftigung, sich gerade dann zu Wort zu melden, wenn sie eigentlich nur stören. Bei meiner Flause nun geht es um Ruinen, genauer: um die sogenannte Ruinenwerttheorie.

Dieses Wort mit anhängender Vorstellung möchte man nun eigentlich gar nicht vom Kopf in den Mund lassen, weil man Angst haben muss, sich daran die Zunge zu verbrennen. Der Nazismus hat ja nicht nur Terror verbreitet und zum Massenmord angestiftet; darüber hinaus hat er eine Vielzahl von zuvor eher neutralen Begriffen oder Theorien geradezu kontaminiert und neue, giftige in die Welt gesetzt. Denken Sie nur an »Heimat«, ein Begriff, der sich erst jetzt von seiner braunen Infektion zu erholen beginnt.

Zu den Begriffen und Theorien, die immer noch gänzlich unberührbar zu sein scheinen, zählt die sogenannte Ruinenwerttheorie der nationalsozialistischen Architektur. Kurz ein paar erklärende Worte dazu. In seinen Erinnerungen aus dem Jahr 1969 schildert der Architekt Albert Speer, dass er anlässlich der Planungen von Repräsentationsbauten, vor allem für die neu geplante Hauptstadt Germania, Zeichnungen habe anfertigen lassen, auf denen diese Bauten im Zustand des Verfalls zu sehen waren. Das heißt so, wie sie womöglich als Ruinen aussehen würden, wenn die Natur sie zurückerobert hätte.

Man kann sich vorstellen, wie gut dem Monster, das diese Bauten in Auftrag gegeben hatte, solche Darstellungen gefielen. Diktatoren betreiben ihre Politik nun einmal in hohem Maße zur Befriedigung ihrer persönlichen Eitelkeit. Daher sorgen sie sich nicht nur um ihr Bild zu Lebzeiten, sondern auch um ihren Nachruhm. Und was begründet und belebt den Nachruhm eines Menschen mehr als die Bauwerke, die aus der Zeit seiner Herrschaft übrig geblieben sind? Tatsächlich kennen wir die Pharaonen heute vor allem durch ihre Grabmäler, die Herrscher des alten Rom durch ihre Tempel und Arenen, die europäischen Könige und Königinnen durch ihre Schlösser. Ein Gang etwa durch Versailles oder Schönbrunn versetzt uns in ihre Lebenswelt und erneuert die Erinnerung an ihre Persönlichkeit und ihr Wirken wesentlich stärker und eindrucksvoller als die Lektüre historischer Abhandlungen.

Kein Wunder also, dass der moderne Diktator, dem überdies die religiös begründete Langmut von Pharaonen und Königen abgeht, schon zu Lebzeiten dafür sorgen will, späterhin auch »richtig«, das heißt in seinem Sinne präsent zu sein und erinnert zu werden. Mir ist es jedenfalls nie schwergefallen zu glauben, dass die nationalsozialistischen Architekturideale sich tatsächlich an einem Ruinenwert der Bauten orientierten.

Nun sind allerdings die Architekturhistoriker in dieser Angelegenheit eher skeptisch. In den Dreißiger- und Vierzigerjahren sei von einer Ruinenwerttheorie eigentlich nirgendwo die Rede gewesen, sagen sie. Manche behaupten sogar, es handele sich hier um eine nachträgliche Erfindung Speers. Oder anders gesagt, um eine spätere Hochstilisierung von Gesprächen und Vorgängen in Hitlers engerer Umgebung. Speer, der sich nach dem Krieg als einer von sehr wenigen aus der nazistischen Führungsriege reuig zeigte, dieser Speer wird heute eher als cleverer und gewissenloser Opportunist gesehen. So ist es ziemlich wahrscheinlich, dass der junge Architekt in den Dreißiger- und Vierzigerjahren der Eitelkeit des Diktators zu schmeicheln versuchte, indem er nicht nur dessen neue Hauptstadt plante, sondern ihm zugleich die Monumente seines prospektiven Nachruhms präsentierte. Es ist eine bittere Ironie der Geschichte, dass das Andenken an Hitler schon wenige Jahre später und bis heute aufs Engste mit Ruinen verbunden ist, allerdings mit den Ruinen, als die die meisten deutschen Städte nach dem Zweiten Weltkrieg zurückblieben.

Nun möchte ich aber einmal versuchsweise so tun, als wäre die Ruinenwerttheorie nicht von dienstfertigen Günstlingen gewalttätiger Diktatoren erfunden und damit gleichzeitig diskreditiert worden.

Kann man das überhaupt? Nun, immerhin hat es die Ruine, ihren Nimbus und ihre Aura auch schon vor den zwölf Jahren des »Tausendjährigen Reichs« gegeben, und es gibt sie bis heute, in vielen Kulturen. Es gab sie allerdings nicht immer, genauer gesagt: Es gab schon immer Ruinen, doch es lag und liegt ganz im Auge des Betrachters, ob er die verfallenen Mauern und umgestürzten Säulen als verehrungswürdige Dokumente einer großen Vergangenheit versteht oder als jämmerliche Relikte einer untergegangenen Kultur. Das zeigt sich gerade heute wieder, da die Terrormilizen des Islamischen Staates historische Bauwerke in Syrien vernichten, weil sie in ihnen nichts als Zeugnisse eines in ihren Augen überkommenen Götzendienstes sehen.

Aber auch hier in Mitteleuropa ist man lange Zeit eher herablassend mit dem architektonischen Erbe umgegangen. In der Renaissance beginnt eine Wertschätzung von Ruinen, die sich aber im Wesentlichen auf die Hinterlassenschaften der griechischen und der römischen Antike bezieht. Erst in der Zeit um 1800 herum, die wir heute die Romantik nennen, fängt man an, allgemein offener zu werden für den Zauber und den Symbolwert der Ruine.

Die verfallene Ritterburg auf dem Berg am Ufer des Rheins, hinter deren Mauern gerade der Mond aufgeht, steht mittlerweile schwer unter Kitschverdacht. Aber dass ein Bild abgegriffen ist, muss noch nicht bedeuten, dass es auch schlecht und unbedeutend ist. Also versuche ich einmal ganz unvoreingenommen auf die Ruine zu schauen. Was sagt sie mir?

Zunächst einmal erzählt sie von ihrer Vergangenheit und ihrer Funktion, also von jener Zeit, als sie bewohnt und belebt war. Ich imaginiere zum Beispiel die längst verschwundenen Menschen nach Maßgabe der Räume, die sie bewohnten, und der Bauten, die sie errichteten, um darin zu herrschen oder ihre Götter anzubeten. Die Ruine erzählt aber auch von der Zeit im Allgemeinen, also von der Zeit, die vergeht, ob wir das wollen oder nicht, und die dabei schließlich alles, was ist, verändert oder gar vernichtet. Burgen und Schlösser etwa waren einmal Stätten der Macht und des Reichtums, als Ruinen aber signalisieren sie vor allem, dass jede Macht begrenzt und jeder Reichtum nur temporär ist. Ruinen sind also steinerne Bilder der allgemeinen Vergänglichkeit, und als solche sind sie Bilder unseres – leider – allzu endlichen Lebens.

Doch gerade indem Ruinen vom Verfall erzählen, erzählen sie auch von dem, was bleibt, und warum es bleibt. Dass die Ruinen der Burg, der Kirche oder des Schlosses noch immer stehen und nicht einfach abgetragen und durch einen Neubau ersetzt wurden, zeugt oft genug von einer Wertschätzung, die diese Bauten selbst in ihrem Verfallszustand noch erfahren. Es belegt die Absicht, solche Ruinen dauerhaft Zeugnis von ihrer Geschichte sowie von der Geschichte schlechthin ablegen zu lassen.

Darüber hinaus tut die Ruine noch etwas, das ich höchst interessant finde: Sie offenbart nämlich die Machart des Gebäudes. Indem alles Material, das leicht vergänglich ist, vom Zahn der Zeit heruntergenagt ist (wenn Sie mir dieses überstrapazierte Bild verzeihen), tritt die Konstruktion gewissermaßen abstrakt hervor. Tapeten und Paneele, Stuck, Fresken und Farben verschwinden. Alles bloß Hinzugefügte, alles Schmückende, Oberflächliche, Austauschbare vergeht, und – wenn das tatsächlich möglich sein sollte – die Grundidee des Baus erscheint in einer Art Reinform. Nicht immer ist das ein schöner Anblick! So offenbarten die Ruinen der Gründerzeitbauten nach dem Zweiten Weltkrieg, dass diese vielfach lieblos in Serienproduktion hergestellte Wohnkästen waren, denen man allerhand historisch-allegorischen Krimskrams an die Fassade gepappt hatte, um sie bedeutend erscheinen zu lassen.

Es ist übrigens, das sollte noch gesagt sein, eine heikle Angelegenheit, Ruinen wiederaufzubauen oder gar völlig verschwundene Bauwerke neu erstehen zu lassen. Hier in Deutschland führen wir diese Diskussion notgedrungen seit dem Ende des Zweiten Weltkriegs, und wir kommen dabei zu immer anderen, oft genug kontrovers diskutierten Ergebnissen. So habe ich persönlich den Wiederaufbau der Frauenkirche in Dresden durchaus begrüßt, bin mir aber darüber im Klaren, dass wir damit eines der eindrucksvollsten Mahnmale des Krieges verloren haben. Und der Wiederaufbau des Hohenzollernschlosses mitten in Berlin wird sicher nicht mit der Fertigstellung des Bauwerks abgeschlossen sein, sondern erst dann, wenn dieser Ort der Geschichtsvernichtung sich wieder auf eine sinnvolle Art und Weise mit Geschichte füllt.

Und damit Schluss mit der Nachhilfestunde im Fach Ruinen und Ruinenbedeutung. Ich musste allerdings etwas weiter ausholen, weil ich jetzt den womöglich etwas anstößigen und politisch inkorrekten Versuch unternehmen werde, nach einer Bedeutung der Ruinenwerttheorie in unserer Zeit zu fragen. Also ganz konkret: Hat die Überlegung, wie ein Neubau als Ruine aussehen wird, in den Überlegungen von Architekten, Bauherren, Stadtplanern und Investoren etwas zu suchen?

Erste mögliche Antwort: Sie hat dort nichts, rein gar nichts zu suchen!

Die Begründung dafür ist leicht zu liefern: Wir leben, zumindest hierzulande, in einer Zeit, in der sich keine größenwahnsinnigen Diktatoren ihre Denkmäler bauen wollen. Darüber sollten wir nichts als froh sein. Zum Glück regiert momentan und hoffentlich auch in Zukunft im neuen Bundeskanzleramt niemand, der sich die Ruine dieses Gebäudes als ein Denkmal seiner selbst denkt. Unsere Verfassung erlaubt uns überdies, dafür zu sorgen, dass so jemand niemals im Kanzleramt regieren wird.

Und überhaupt leben wir doch ganz gut mit der Vorstellung und der Absicht, dass alle Bauten, die jetzt stehen, keine Zukunft als Ruine haben sollten. Der unausgesprochene Generalplan sieht stattdessen vor, bestehende Bauten allenfalls durch bessere Nachfolger zu ersetzen, also zum Beispiel durch Häuser, die sparsamer mit der Energie umgehen und humanere, variablere Lebensangebote machen. Statt über Ruinen zu sinnieren, bleiben wir vorläufig besser beim Konzept einer kontinuierlichen Verbesserung der Lebenswelt.

Außerdem gibt es meines Erachtens bislang keine Bilder im allgemeinen Bewusstsein, auf denen die Ruinen jüngeren Baudatums in irgendeinem anderen Kontext stehen würden als in dem der politischen oder der Naturkatastrophe. Ruinen von Bauten des 19. und des frühen 20. Jahrhunderts kennen wir vor allem als die Ruinen des Zweiten Weltkriegs und damit als Schreckensbilder. Ruinen von Bauten des späten 20. und des 21. Jahrhunderts erscheinen bis auf wenige Ausnahmen wie der Ground Zero in New York vor allem als postapokalyptische Filmkulissen. In den einschlägigen Filmen gibt es zwar verfallene Wolkenkratzer en masse, doch die atmen keinerlei historische Größe, sondern sind nur der Biotop, in dem durch Strahlung oder Krankheit mutierte Zombies unterwegs sind, um die letzten Vertreter der Menschheit zu jagen und zu fressen. Ich habe, ich gestehe das freimütig, Dutzende dieser Filme gesehen, und ich hatte niemals den Eindruck, dass Ruinen zeitgenössischer Bauten etwas anderes signalisieren können als eine Katastrophe, die ausschließlich hausgemacht ist und die nicht vermieden zu haben ganz allein unsere Schuld ist. – Von daher also ein klares Nein zur Idee der Ruine in der zeitgenössischen Architektur.

Ich hätte mich aber nicht an diesen Text gewagt, wenn ich nicht auch eine andere Antwort in petto hätte. Dafür komme ich jetzt zurück zu den Anlässen, bei denen sich meine eingangs erwähnte Flause zu Wort meldet. Diese Anlässe sind meine täglichen Blicke auf zeitgenössische Architektur, die nicht mehr so ganz neu ist und an der der Zahn der Zeit (wieder dieses Bild) schon ein bisschen geknabbert hat. Siebzig Jahre nach dem Ende des Zweiten Weltkriegs gibt es von dieser Architektur bereits eine große Menge.

Und meine Fragen lauten dann: Wie hat sich diese gläserne Fassade gegen Wind und Wetter gehalten? Welche Farbe nimmt diese große, glatt verputzte Fläche gerade an, und wie verändert sich dabei ihre Struktur? Was ist mit den metallenen Fensterrahmen geschehen, was mit denen aus Kunststoff? Und in die Zukunft gefragt: Was wird einmal aus diesen hyperglatten Dachziegeln werden? Was wird aus den Klinkern, die jetzt noch so aussehen, als wären sie von einem Laserprinter auf die Mauern gedruckt worden?

Nun hoffe ich natürlich sehr, dass alle Gebäude, die solche Fragen bei mir evozieren, niemals zu Ruinen werden. Doch ich sehe für sie noch eine andere Gefahr als die, einmal in Trümmer zu fallen. Und diese Gefahr scheint mir noch größer, weil wesentlich näher: Es ist die Gefahr, nicht altern zu können! Das heißt, ich frage mich: Werden diese Gebäude es schaffen, ihr unvermeidbares Altern in Würde, vielleicht sogar in einer gewissen Schönheit zu tragen und herzuzeigen? Oder – und jetzt schließt sich gewissermaßen der Kreis meiner Flause – werden sie bereits zu Leb- und Bewohnzeiten den negativen Charakter jener postapokalyptischen Ruinen annehmen?

Nun bin ich also endlich dort, wo ich über solche Umwege hinkommen wollte: nämlich zu meiner (übrigens ziemlich peinigenden) Wahrnehmung, dass viele, sehr viele Bauten der letzten Jahrzehnte das Altern so gar nicht zu ertragen scheinen. Ich muss dafür gar nicht die aus vielerlei Gründen übel beleumundeten Plattenbauten herbeizitieren, wenngleich sie natürlich ein herausragendes Beispiel für die Unfähigkeit zu altern sind. Doch auch andere und übrigens auch – wie sagt man – wertigere Bauten erscheinen mir heute bereits als Ruinen, obwohl sie noch bewohnt und in Betrieb sind.

Ein Beispiel dafür: Durch meinen Beruf bedingt bin ich viel in Schulen unterwegs. Und hier gibt es einen Gebäude-Typus, überwiegend aus den Siebzigerjahren stammend, der mir immer wieder als eine Art lebende Ruine oder Ruine vor der Zeit erscheint. Zugegeben, Schulen sind Bauten, die besonders strapaziert werden. Aber das wissen ihre Erbauer ja schon bei ihrer Konzeption. Und natürlich gibt es in Schulen, wie an jedem Gebäude, Beschädigungen, die eben repariert werden müssen. Aber es geht mir nicht so sehr um Abnutzung oder Beschädigung, vielmehr scheinen mir diese Schulbauten das schiere Altern nicht zu verkraften. Statt einfach älter zu werden, werden sie schäbig, unansehnlich, verschlissen.

Ich rede jetzt nicht einmal von den Fällen, da sich Baumaterialien als schlichtweg ungeeignet erwiesen haben. Bröckelnder Beton und durchrostende Armierungseisen sind höchst peinliche Fehler, die man aber, hat man sie einmal erkannt, in Zukunft abstellen kann. Es gibt allerdings noch viele andere Materialien, Oberflächen und Konstruktionen, die zwar halten, dabei jedoch offenbar nur im neuwertigen Zustand Wärme, Freundlichkeit, Wertigkeit, Würde, Stringenz und Formwillen zum Ausdruck bringen können. Gealtert hingegen wirken sie müde, trist, abweisend und – wie soll ich sagen – nur noch mit sich selbst beschäftigt, offenbar verzweifelt darüber, dass sie nicht können, was sie, mehr noch als Lebewesen, eigentlich können sollten: nämlich nicht nur in Würde, sondern auch in Schönheit zu altern.

Um noch ein weiteres Beispiel anzufügen: Neben dem in seiner Schmucklosigkeit schon wieder schmucken dreigeschossigen Klinkerbau aus den Sechzigerjahren, in dem ich während meiner gesamten Studentenzeit in Münster wohnte, wurde in den späten Achtzigerjahren auf einer Trümmerbrache ein typisch postmodernes Wohn- und Bürohaus gebaut. Die kühnen Einschnitte und Verrückungen in der Fassade betonte ein Anstrich in mehreren Rosa- und Rosttönen, der einen fast schon ironischen Kontrast zu dem benachbarten Klinkerbau schuf. Als die Fassade des Neubaus dann alterte, bekam er allerdings den Charme einer langsam am Straßenrand vergammelnden Plastikdose. Und als er nach Jahren erstmals neu gestrichen wurde, entschieden sich die Verantwortlichen gegen die ursprüngliche Ausdrucksabsicht und tauchten die gesamte Fassade in ein unauffälliges Dunkelbraun, das mir eher wie eine Tarnfarbe vorkam. Heute wirkt die ehemals kecke Fassade wie ein müder Scherz, für den man sich im Nachhinein schämt.

Aus solchen Erfahrungen heraus wünsche ich mir nun eine neue Ruinenwerttheorie für die zeitgenössische Architektur. Natürlich soll es nun wirklich nicht darum gehen, Neubauten mit eingeplanter Befähigung zur pittoresken Ruine oder zum Mahnmal zu konzipieren. Es geht mir aber auch nicht einfach ums Gegenteil, also um eine Baupraxis, die auf die ewige Konservierung von Neuheitswerten aus wäre. Vielleicht nenne ich also mein gedankliches Flausenkind besser eine Alterswerttheorie.

Und warum eine solche Alterswerttheorie? Um mir und vielleicht noch ein paar anderen übersensiblen Ästheten den Anblick gewisser Schäbigkeiten im Alltag zu ersparen? Das wäre natürlich ein Grund, ein guter sogar, aber es wäre wohl nicht Grund genug. Ich habe noch etwas anderes im Sinn.

Wir erleben momentan in den großen und attraktiven Städten sowie in ihren Einzugsgebieten einen Trend zur Nachverdichtung, also zur

Bebauung von Freiflächen oder zur Ersetzung von Altbauten durch neue Gebäude mit mehr Nutzungskapazität. Für eine solche Nachverdichtung mag es nun immer gute Gründe geben. Es gibt aber auch Gründe dagegen, und einer davon ist, dass es durch den massenhaften Abriss älterer Bausubstanz zu einem Gesichtsverlust der Städte kommt.

Es ist nun aber ein wesentliches Merkmal der europäischen Stadt, ihr Gewachsensein in der Zeit, also ihre Geschichte, durch Bauten aus verschiedenen Epochen herzuzeigen. In Deutschland haben die Zerstörungen des Zweiten Weltkriegs dieses in Jahrhunderten gewachsene Bild vielfach flächendeckend ausradiert und damit notgedrungen zum Bau von Retortenstädten geführt, die sich in der Folge schwer damit taten, ein eigenes Gesicht zu wahren und sich von anderen Städten zu unterscheiden. Mittlerweile hat sich nun eine gewisse Diachronie im Stadtbild zu entwickeln vermocht; doch überall dort, wo jetzt intensive Nachverdichtung betrieben wird, droht eine neue Gleichmacherei, oftmals diktiert von schier ökonomischen Zielen.

Und genau an dieser Stelle wirkt sich meines Erachtens die fehlende Fähigkeit zum Altern von zeitgenössischen Bauten ganz fatal aus. Was nach 20 Jahren bereits aussieht wie eine vergammelnde Plastikdose, wird den Überlegungen, es abzureißen, ganz besonders wenig entgegenzusetzen haben. Wer weiß, was demnächst mit dem von mir erwähnten postmodernen Haus in Münster passiert. Ihm gegenüber steht übrigens eine Villa im Bauhausstil, die bislang, obwohl sie sich auf einem jener höchst begehrten Grundstücke mit Promenadenzugang befindet, noch nicht einem viel einträglicheren Apartmenthaus gewichen ist. Stattdessen steht sie immer noch frei neben viel effizienteren Bauten, ihr Garten sorgt für die ansonsten versperrten Durchblicke, und ihre Gestalt erinnert daran, dass Bauen und Wohnen mehr sein sollten als Akte der Produktion und des Konsums.

Konsum ist das Stichwort. Ich denke, es muss verhindert werden, dass Gebäude als Konsumgüter konzipiert und aufgefasst werden, als Serienprodukte mit werksseitig reduzierter Halbwertszeit, als Gegenstände, die sich unter der Benutzung verbrauchen und schon bald nach ihren eigenen Nachfolgern verlangen. Wohnen, so denke ich, heißt nicht konsumieren (also vernichten, verzehren). Wohnen sollte vielmehr bedeuten: beleben. Und damit das gelingen kann, muss sich das Altern von Gebäuden vollkommen anders darstellen als das Altern von Konsumgütern. Im Idealfall sollte es sich sogar genau entgegengesetzt vollziehen: Das Haus sollte mit dem Altern immer wertvoller, immer würdiger erscheinen.

Und das nicht als Ruine und Mahnmal, sondern als Ausweis und Zeugnis lebendiger, weil belebter Geschichte. Es gibt genug Beispiele, die belegen, dass das möglich ist.

Nun bleibt allerdings noch zu klären, wie sich eine Alterswerttheorie in der allgemeinen Baupraxis realisieren ließe?

Nun, ich bin nicht vom Fach, ich bin gewissermaßen hauptberuflicher Flausenzüchter und Flausen-in-die-Welt-Setzer. Also muss ich jetzt improvisieren. Vielleicht ließen sich etwa bei öffentlichen Ausschreibungen neben den blitzsauberen Architekturzeichnungen und den wunderschönen Architekturmodellen aus unschuldig schneeweißer Pappe auch andere Zeichnungen und Modelle einreichen; solche nämlich, die, basierend auf den verwendeten Materialien, die projektierten Bauten in 50 oder 100 Jahren zeigen. Wohlgemerkt: nicht als Ruinen, sondern als würdige, alteingesessene Seniorengebäude in der architektonischen Stadtgesellschaft, denen man mit Respekt begegnet.

Oder jemand entwirft Computerprogramme, die, wiederum basierend auf den verwendeten Materialien, Alterssimulationen durchführen. Für menschliche Gesichter gibt es das schon, das kenne ich aus den Kriminalfilmen, von denen ich auch zu viele ansehe. Auf diese Art und Weise könnte man vielleicht sogar ganze Ensembles und Straßenzüge gemeinsam virtuell altern lassen, um so zu erfahren, ob Neubauten sich allmählich in ihr Umfeld eingliedern oder ob sie auf ewig, zuerst glänzend neu, später unansehnlich gealtert, ein Fremdkörper bleiben werden.

Und was mir dann noch einfällt: Vielleicht könnte man einen Architekturpreis stiften, der Gebäude auszeichnet, die besonders eindrucksvoll und vorbildlich gealtert sind. Gut, es mag sein, dass bei der Preisverleihung ihre Architektinnen und Architekten nicht mehr anwesend sein können, andererseits müsste dann auch niemand traurig sein, wenn dieser Preis nicht mit einer finanziellen Dotation verbunden ist.

Und vielleicht könnte man sogar jungen Architektinnen und Architekten schon während des Studiums meine Flause als Floh ins Ohr setzen: dass sie sich nämlich kein besseres Denkmal setzen können als ein Gebäude, das so würdig altert, wie sie selbst und wie wir alle das gern täten.

12

Smarthome analog vernetzt oder: Ultimativer Vorschlag zur Lösung des letzten Problems modernen Wohnens

In Frankfurt, in der Nähe der Paulskirche, war einmal in vornehm-dezenten Neonbuchstaben gut lesbar ein Satz an die Fassaden der Nachkriegsbauten geschrieben. Der Satz lautete: »Der Architektur gegenüber bestimmt die Gewohnheit weitgehend sogar die optische Rezeption. Auch sie findet von Hause aus viel weniger in einem gespannten Aufmerken als in einem beiläufigen Bemerken statt.«

Dieser Satz stammt aus dem berühmten Text über *Das Kunstwerk im Zeitalter seiner technischen Reproduzierbarkeit*. Sein Autor, der Schriftsteller und Philosoph Walter Benjamin, ist bekannt für seine präzise, manchmal allerdings auch etwas angestrengte Art zu formulieren. Ich gestatte mir daher, seinen Satz einmal dramatisch zu vereinfachen. Er lautet dann: »Über Architektur denkt niemand nach.«

Das mag nun stimmen, vielleicht sogar für 99 Prozent der Passanten auf den Straßen, für mich trifft es allerdings nicht zu. Im Gegenteil, ich leide an einer extrem übersteigerten Reizbarkeit durch Architektur. Ihr gegenüber bin ich geradezu krankhaft aufmerksam und dabei zugleich, fatalerweise, vollkommen schutzlos.

Besonders gilt das für zeitgenössische Architektur. Da muss nur irgendwo eine kecke, modische Gaube die Augen aufschlagen, und schon trifft mich ihr Blick ins Mark. Jede Tür winkt mir, jede Mauer rückt mir auf den Leib. Gäbe es eine Creme mit hohem Architekturschutzfaktor, würde ich sie finderdick auftragen, und eigentlich müsste mir der Arzt den Aufenthalt in bebauten Arealen aus gesundheitlichen Gründen verbieten. Doch so ein Leben wäre verständlicherweise nicht möglich, und daher versuche ich, meiner Überempfindlichkeit durch eine Art Konfrontationstherapie zu begegnen.

Wie das funktioniert? Nun, statt gesenkten Hauptes durch die Straßen zu gehen, konzentriere ich mich bewusst auf einzelne Bauten, besonders auf Neubauten, setze mich ihnen rigoros und schonungslos aus und – versuche sie zu verstehen. Da mir nun einmal die Wonnen der Gedankenlosigkeit angesichts von Architektur nicht vergönnt sind, muss ich gewissermaßen mit dem Kopf durch die Wand. Das heißt: Ich muss intellektuell durchdringen, was mich ansonsten emotional überwältigen würde.

Nun also kennen Sie mich, zumindest kennen Sie mein Gebrechen. Ich darf Sie jetzt dazu einladen, mit mir durch das Viertel zu gehen, in dessen Nähe ich 20 Jahre lang gewohnt habe. Es ist ein sogenanntes besseres Viertel, am Stadtrand gelegen und in beinahe unmittelbarer Nähe zu einem kleinen Naherholungsgebiet rund um einen Fluss. Dieses Viertel war bis vor Kurzem fast vollständig bebaut mit Häusern aus den Sechzigerjahren, man könnte vielleicht sagen: mit Häusern aus der ersten Villengeneration der Wirtschaftswunderzeit. Es sind dies durchweg anderthalbgeschossige Klinkerbauten, sie liegen hinter großzügigen Vorgärten, vornehm zurückgetreten von den stillen Straßen. Ihre Schauseiten sind eher schlicht gehalten, es gibt schöne Holztüren und weiß lackierte Gitter vor den getönten Fenstern der Gästetoiletten. Nach hinten hinaus, in die Gärten, die durch hohen Baumwuchs praktisch nicht mehr einzusehen sind, sehen diese Häuser durch große Panoramafenster, auf deren Fensterbänken früher Modegewächse standen, während sie heute eher etwas abstrakte Kunst ins Licht rücken.

Ich denke, ich kann die Beschreibung hier beenden. Fachleute haben jetzt die entsprechenden Bilder vor Augen. Nur so viel noch: Für mich, der ich so empfindlich auf zeitgenössische Architektur reagiere, haben diese Häuser immer zum Erträglichsten gehört, das mir begegnet ist. Oft kommt es mir so vor, als hätten hier vor etwa 50 Jahren Bauherren und Architekten viel Geld und Mühe darauf gewendet, ihre Häuser vornehm, aber vor allem dezent zu gestalten. Der alte oder neu erworbene Reichtum sollte zwar nicht verleugnet werden, aber um Gottes Willen nicht aufdringlich wirken. Aus dieser gemeinsamen Intention heraus bildet das ganze Viertel dann auch eine architektonische Einheit. Die Nachbarhäuser halten zwar vornehme Distanz zueinander, doch sie tun das, ohne sich angewidert voneinander abzuwenden. Man schätzt einander schweigend, kein Haus verhöhnt das andere.

»Das hier kann und wird so bleiben.« Das war der Satz, den ich jahrelang automatisch dachte, wenn ich mit dem Hund durch das Viertel ging, auf unserem morgendlichen Weg zum Fluss. Aber offenbar konnte es nicht so bleiben. In den letzten Jahren waren viele der besagten Häuser nur noch von alten Witwen bewohnt worden; doch als die in Altersheime übersiedelten, zogen nicht etwa ihre Kinder in die Häuser. Die Kinder, so vorhanden, hatten längst anderswo gebaut, nach ihrem speziellen Geschmack. Stattdessen wurden die Häuser verkauft. Das heißt: Zu wirklich sagenhaften Preisen wurden nur die Grundstücke verkauft, während die Häuser nach kaum 50 Jahren abgerissen wurden, um Platz für Neubauten zu schaffen.

Als ich zum ersten Mal Zeuge eines solchen Abrisses wurde, litt ich enorm. Sie werden das mit Hinblick auf meine besondere Konstitution verstehen. Denn was kann schlimmer für mich sein als das Verschwinden ausgerechnet solcher Architektur, die selbst ich bei meiner gesteigerten Reizbarkeit als selbstverständlich wahrnehmen, oder anders formuliert: einfach übersehen konnte? Umso gespannter, ängstlich gespannter, war ich natürlich auf die Neubauten, schon aus gesundheitlichen Gründen.

Die Neubauten kamen, und dabei galt immer: Zwei auf eins. Also zwei neue Häuser auf das alte Grundstück, auf dem zuvor nur ein Haus gestanden hatte. Gelegentlich übrigens auch drei auf eins, und im äußersten Fall sogar sechs auf eins. Das Viertel, wie gesagt ein sogenanntes besseres Viertel, erlebt mittlerweile die allseits bekannte Nachverdichtung. Dass dabei allmählich die alten Gärten, mit denen die Makler die Neubauten bewerben, für genau diese Neubauten zerstört werden und dass das viel gepriesene Grün ums Haus im Fall der Neubauten nur noch das Grün des Nachbargartens ist, lasse ich jetzt einmal undiskutiert. Stattdessen möchte ich von den Neubauten selbst berichten, die nun zunehmend unseren morgendlichen Weg zum Fluss säumen.

Angesichts ihrer erlebte ich in den letzten Jahren, nun, wie soll ich sagen, einen Schock nach dem anderen, wobei die stärkste Wirkung dieser Schocks war, dass ich – halten Sie sich fest – nicht schockiert war! Ich sagte es ja schon: Moderne Architektur reizt mich sehr, und meistens reizt sie mich zum Widerspruch. Doch die besagten Neubauten gingen mir zwar durch Mark und Bein; allerdings taten sie es gewissermaßen, ohne mich zu berühren.

Das klingt paradox. Ich weiß. Vielleicht sollte ich besser versuchen, diese Häuser genau zu beschreiben. Also!

Sie sind weiß. Und sie sind eckig.

Und mehr muss ich eigentlich gar nicht sagen. Besäße ich noch den Kasten mit Legosteinen, den ich vor 50 Jahren besaß, so könnte ich sehr naturgetreue Modelle dieser Häuser bauen. Nebenbei gesagt: Noch besser gelänge mir das mithilfe des neuen Legokastens *Architecture Studio*, momentan im Online-Versandhandel zum Sonderpreis von 138,62 Euro bei kostenloser Lieferung erhältlich. Dieser Kasten enthält neben 1.210 ausschließlich weißen Steinen ein 272 Seiten starkes sogenanntes Ideenbuch, an dem namhafte Architekten mitgearbeitet haben und das von dem Architekturexperten und Ausstellungsmacher Christopher Turner herausgegeben wurde.

Und ich wiederhole es: Diese Häuser waren für mich ein Schock, der nicht schockierte. Ich nahm billigend in Kauf, dass der Hund sich furchtbar langweilte, und verbrachte halbe Stunden vor diesen Häusern, um herauszubekommen, was sie mir sagen wollten. Bislang hatte ja alle Architektur zu mir gesprochen, alte wie neue, und oft genug hatte sie mich sogar angebrüllt. Doch die weißen Kastenhäuser blieben so gut wie stumm. Allenfalls hörte ich sie leise vor sich hin brummen, wobei ich mir fast sicher war, dass selbst dieses Brummen nicht mir galt.

Was also war das hier? In gewisser Weise eine Architektur, die sich selbst als Ausdrucks- und Gestaltungsleistung zum Verschwinden bringt. An die Stelle der alten, dezenten Villen, die ein gesundes Selbstbewusstsein bei gleichzeitig vornehmer Zurücknahme signalisiert hatten, waren jetzt Häuser getreten, die offenbar mit großem Aufwand und geradezu ostentativ das Ziel verfolgten, gar keine Botschaft mehr in Richtung Straße und Betrachter auszusenden.

Diese Wahrnehmung, besser: diese Nicht-Wahrnehmung, verfolgte mich schließlich derart, dass ich einen Fachmann, einen befreundeten Architekten, um Aufklärung bat. Warum, fragte ich ihn, warum lassen sich diese Leute für schweres Geld in 1 A-Stern-Wohnlagen Häuser bauen, die eine Art universeller Sterilität, wenn nicht gar Sprachlosigkeit ausstrahlen? Was zum Teufel haben die Leute davon, vor ihren teuren Eigenheimen zu stehen wie vor blinden Spiegeln, in denen so gar nichts von ihrem Geschmack, ihrem Weltbild, ihren Wünschen und Absichten erscheint? Gut, ich hatte in der Vergangenheit Bauherren und Architekten kritisiert, die mit irgendeinem postmodernen Schnickschnack oder durch spätavantgardistisch gestaltete Formbrechungen auf ihre unverwechselbare Identität aufmerksam machen wollten. Aber jetzt musste ich zugeben, dass mir noch die misslungensten und albernsten Versuche, architektonischen Ausdruck zu schinden, verständlicher waren und womöglich auch lieber als dieser, nun ja, Post-Legoismus, der mich als Betrachter so radikal ausschloss, wenn nicht gar negierte.

Nun, wer Fachleute fragt, der muss mit Antworten rechnen, mit denen er nicht gerechnet hat. Doch selten hat mich eine Antwort so überrascht wie die, die ich bekam. Und nicht etwa, weil ich allein nie darauf gekommen wäre, sondern im Gegenteil: weil sie mir nun wirklich selbst hätte einfallen müssen!

Avanciertes Bauen, so nämlich die Antwort meines Fachmanns, richte sich heute viel weniger auf die Außenwirkung als vielmehr auf die inneren und die Gebrauchswerte der Häuser. Wenn ich also die Lego- oder Kastenhäuser von außen als steril oder nichtssagend erfahren hätte, so müsse diese Wahrnehmung unbedingt ergänzt werden durch die der Innenseiten dieser Bauten, die im Gegensatz zu ihren Fassaden außerordentlich kommunikativ gestaltet seien. Tatsächlich, so der Fachmann, seien solch teure moderne Häuser geradezu vollgestopft mit einer zeitgenössischen Wohntechnik, die das Haus weniger eine schiere Hülle sein lasse und es vielmehr zu einem intelligenten und aktiven Partner des Bewohners mache. Was ich da in meinem Viertel entstehen sehe, so der Fachmann schließlich, seien gewissermaßen Musterbauten für die Zukunft des Bauens und Wohnens schlechthin. Hier manifestiere sich keineswegs ein kurzlebiger gestalterischer Trend, keine Bau-Mode unter vielen; stattdessen seien solche Häuser ebenso beispielhaft wie vorbildlich für den zeitgenössisch fortgeschrittensten Entwurf des Wohnens und damit des Lebens schlechthin.

So auch Sie vom Fach sind, werden Sie jetzt lächeln über mich als einen, der das nicht gewusst beziehungsweise nicht realisiert hat. Aber ich bitte das zu entschuldigen! Ich bin nur einmal und vor langer Zeit Zeuge eines Hausbaus geworden. Und als meine Eltern anno 1967 voller Stolz ihren Neubau bezogen, war dieses Haus, was Häuser immer gewesen waren: ein Dach über dem Kopf, im Winter beheizbar, damit man nicht erfriert. An modernen Errungenschaften des 20. Jahrhunderts gab es Anschlüsse an Frischwasser- und Stromleitungen sowie ans Abwassersystem. Ansonsten war dieses Haus durch und durch analog; die Kommunikation mit ihm fand durch traditionelle Werkzeuge wie Hammer und Zange statt.

Anders die avancierten Häuser heute. Ihren zukünftigen Besitzern empfehlen sie sich nicht mehr mit geschmiedeten Gittern oder Panoramascheiben und erst recht nicht mit stilistisch-architektonischen Finessen an ihren Außenseiten, sondern vielmehr mit dem Grad und der Qualität der in ihnen verbauten Technik!

Das beginnt bei einer Heizanlage, die innovative Energiequellen nutzt und die Wärme intelligent in den Räumen verteilt; es geht über eine universelle Schutz- und Alarmtechnik; und es endet jedes Mal furios – ja wo? – natürlich in der Küche als dem Hightech-Zentrum des Hauses, in dem pro Quadratmeter die meiste Technik verbaut werden kann, vom computergesteuerten Induktionsherd bis zum Kühlschrank, der das Fehlen von Grundnahrungsmitteln bemerkt und per App an das Handy des Besitzers meldet.

Die neuere Entwicklungsgeschichte der Häuser, so mein Fachmann, müsse ich mir wie die der Autos vorstellen. Vor 50 Jahren prunkten die avancierten Pkw nach außen noch mit unerhörten Formen, glänzendem Lack und spiegelndem Chrom. Innen war neben dem energieverschleudernden Motor wenig Technik zu finden, dafür umso mehr Plüsch und Leder. Heute dagegen sind die Karosserien im Windkanal designt, damit weitgehend nivelliert und also kaum noch Identität spendend. Vorbei die Zeit, da man einen Opel von einem VW aus einer Entfernung von 300 Metern unterscheiden konnte. Dafür zählen umso mehr die inneren Werte, und übrigens auch hier in letzter Zeit vor allen die Kommunikationsinstrumente, die den Kontakt des Fahrers zu seiner Maschine wie auch den zur Außenwelt herstellen – beziehungsweise manipulieren.

Nun wusste ich also Bescheid. Was ich als langweilig oder nichtssagend abgetan hatte, waren aller Wahrscheinlichkeit nach solch avancierte Bauten, die sich endlich über das jahrhundertelang verbreitete Diktum, ein Haus müsse nach außen wirken, hinweggesetzt hatten. Statt irgendeiner Öffentlichkeit wie mir und meinem Hund schönzutun, dienten sie endlich nur noch ihren Bewohnern, das aber mit allen Finessen der modernen Technik.

Um mich dessen endgültig zu versichern, überwand ich mich und instrumentalisierte meinen sympathischen Labradorrüden Monty. Ich suchte und fand Gespräche am Vorgartenzaun, bis ich endlich von einer tierlieben Besitzerin in eines dieser Häuser eingeladen wurde. Und was soll ich sagen, mein Fachmann hatte natürlich vollkommen Recht. Die Räume hier wirkten kühl und funktional und waren nur spärlich, wie zögernd, möbliert worden. Offenbar fürchteten die Besitzer, das perfekte Ambiente durch ihre eigenen Vorstellungen von Stil oder Gemütlichkeit nur zu verderben.

Denn perfekt war das Ambiente bereits, und zwar durch die darin verbaute Technik! Ich habe im Keller dieses Hauses eine Heizanlage gesehen, die mich an die Antriebseinheit eines futuristischen Raumschiffs erinnerte, und daneben die elektrische Schaltzentrale, die dem Kommandostand eines Kraftwerks glich. Ich habe Fenster gesehen, die selbstständig auf vermehrte Sonneneinstrahlung durch das partielle Schließen der Rollos reagierten, und ein Badezimmer, das aussah, als würde es mehr Wasser produzieren als verbrauchen.

Und natürlich habe ich eine Küche gesehen, die, egal ob darin jemals auch nur ein Spiegelei gebraten werden sollte, am besten den Gesamtstand der Technik im Haus repräsentierte. Das war keine Küche mehr, wie ich sie kannte, sondern ein energetisch und ergonomisch ausgeklügeltes Hochleistungsversorgungslabor, bestückt mit lauter intelligenten Geräten.

Nun konnte ich mir also endlich vorstellen, warum solche Gebäude entstehen und wie für sie geworben wird. Diese Hightech-Lego-Häuser haben viel innere Energie gewonnen, indem sie sich freigemacht haben von dem überkommenen Anspruch, mit ihrer äußeren Erscheinung an der Geschichte der Architektur als eines gesellschaftlichen Ausdrucksmittels teilzunehmen. Endlich, so könnte man sagen, hat sich mit solchen Häusern das Bauen vollständig auf seine Funktion als Dienstleistung konzentriert. Es geht jetzt vor allem, ja vielleicht ausschließlich darum, den Bewohnern ihr Leben nach Maßgabe der aktuellen technischen Möglichkeiten so angenehm wie denkbar zu gestalten.

Man könnte sagen: Diese Häuser haben ihr Gesicht nach innen gewendet. Aus den älteren Nachbarhäusern schauten die Bewohner noch auf die Welt draußen und liehen sich dabei die Fassade ihrer Eigenheime zur Vergrößerung ihrer eigenen Physiognomie und Statur. Man kennt die Fotos, auf denen stolze Besitzer vor ihrer Haustür posieren. Dementgegen steigen die Bewohner der neuen Häuser in diese hinein wie in einen Raumanzug, der sie mit allem Lebenswichtigen versorgt und auf technischem Wege ihre Beziehungen zur Außenwelt organisiert.

Apropos Außenwelt. Das 1967er Haus meiner Eltern besaß zwar einen Telefonanschluss, den zu benutzen mein Vater aber weitgehend untersagte, da ein Telefon seiner Meinung nach im Wesentlichen kein multifunktionales Kommunikations-, sondern ein reines Notfallinstrument war und deswegen möglichst nicht benutzt werden sollte, eben damit es jederzeit im Notfall benutzbar war. Und auf dem Dach unseres Hauses stand eine Antenne, die bei Störung des Empfangs von Hand nachjustiert wurde.

Die neuen Lego-Häuser sind dagegen selbstverständlich vollständig an die modernen Kommunikationssysteme angeschlossen. Ihre eigentliche Nachbarschaft befindet sich nicht auf dem angrenzenden Grundstück, sondern ist der universelle digitale Kosmos. Daher sind ihre Besitzer auch überall mit einem Klick zu Hause. Sie können aus großer Entfernung alle Räume einsehen und überwachen, Türen und Rollläden öffnen und schließen, Licht ein- und ausschalten und so weiter. Sie können auf der Autobahnausfahrt die Kaffeemaschine anstellen, um bei ihrer Heimkehr mit einem frischen Espresso begrüßt zu werden, auch und gerade wenn sie allein leben. Zugleich ist das gesamte Haus praktisch ein einziges Endgerät für TV- oder Internetcontent, den man drahtlos per WLAN überall empfangen kann. Somit sind natürlich auch die einzelnen Räume des Hauses untereinander vernetzt, was so altmodische kommunikative Konstruktionen wie Haustelefon oder Babyfon oder den gemeinsamen Aufenthalt in einem Zimmer vollkommen überflüssig macht.

Ich kehrte damals nach meinem Besuch in der gegenwärtigen Zukunft des Wohnens in unser eigenes Haus, Baujahr 1963, zurück, als würde ich aus dem Raumschiff Enterprise in einen Volkswagen Käfer umsteigen. Aber! Meine neuen Erkenntnisse bewirkten nicht nur, dass ich mein eigenes Wohnleben als hoffnungslos zurückgeblieben erfuhr. Darüber hinaus habe ich mir auch ein paar Gedanken gemacht, die ich Ihnen jetzt mitteilen möchte, nicht zuletzt, um damit endlich die Ankündigung im Titel meines Beitrags wahrmachen zu können, nämlich den ultimativen Vorschlag zur Lösung des letzten Problems modernen Wohnens zu formulieren.

Und dieses Problem ist kein kleines! Denn tatsächlich haben auch die Hightech-Häuser, wie mir nach einigem Nachdenken aufgegangen ist, noch eine Schwachstelle. Und es ist dies eine Schwachstelle, die viel, sogar sehr viel von ihren Errungenschaften wieder zunichtemacht!

Ich rekapituliere: Das Hightech-Kastenhaus hat alle Wohnfunktionen optimiert. Es hat das alte monolithische, ja autistische Wohnhaus an die digitale Kommunikationstechnik des 21. Jahrhunderts angeschlossen. Das Kastenhaus hat dabei sein Gesicht nach innen gewendet, hin zu den Bedürfnissen seiner Bewohner. Doch in einer Hinsicht ist es keinen Schritt über seine Vorgänger hinausgekommen: Auch das Hightech-Haus muss man verlassen, wenn man Brot, Butter und Milch besorgen will!

Sie sagen jetzt vielleicht: Das ist normal. Ich aber sage: Das ist, verglichen mit den anderen Möglichkeiten und Ansprüchen des Hightech-Hauses, ein Armutszeugnis, wenn nicht gar eine Katastrophe. Denn schauen wir einmal etwas weiter in die Zukunft: Wie wird sich die Beziehung des Bewohners zum modernen Haus entwickeln? Nun, das liegt auf der Hand. Das moderne Haus tut alles, um seinen Bewohner an sich zu binden. Warum dieses Haus überhaupt noch verlassen? Es bietet zu jeder Jahreszeit das optimale Klima. Es kann Kino sein, Mediencenter, Luxusrestaurant, Solarium und Erlebnisbad. Und überdies: Es bietet die denkbar besten Voraussetzungen für einen heimischen Arbeitsplatz, für ein sogenanntes Home Office. Ein solches Haus baut man gar nicht mehr, um abends glücklich und stolz dahin zurückzukehren, die Füße hochzulegen und die Augen zu schließen. Nein, man baut es, um es letztlich gar nicht mehr zu verlassen, bietet es doch alle Annehmlichkeiten der modernen Welt in technisch elaborierter und darüber hinaus personalisierter und geschützter Ausführung.

Ich sagte es eben noch etwas beiläufig: Das moderne Haus umhüllt den Bewohner wie ein Raumanzug. Jetzt bitte ich Sie, das Bild weiter und radikaler zu denken. Der Raumanzug versorgt seinen Benutzer nicht nur mit allem Lebenswichtigen, er schützt ihn auch wirksam vor den schädlichen Einflüssen der Außenwelt; er ist in einer feindlichen Umgebung nicht nur lebens-, sondern geradezu überlebenswichtig. Ich denke daher, das moderne Haus wird sich in Zukunft daran messen lassen müssen, inwieweit es in der Lage ist, seinen Bewohner vor allen Lästigkeiten, Fährnissen und Bedrohungen der Außenwelt und des öffentlichen Raums zu schützen.

Doch genau hier klafft ein tiefer Spalt zwischen Anspruch und Wirklichkeit. Denn wenn es um die Versorgung seiner Bewohner mit Gebrauchsgütern geht, zuckt das Hightech-Haus nur stumm die nackten weißen Schultern. Der Kühlschrank meldet zwar, wenn er aufgefüllt werden will, doch dazu muss man das Haus auf eine ganz analoge Art und Weise, also körperlich verlassen – wie man früher eine Höhle, ein Baumhaus oder eine Kate aus Lehm und Schilf verlassen musste, um sich sein Essen zu besorgen.

Nun sagen Sie: Man kann sich seine Sachen doch im Internet bestellen. Natürlich, aber was ist die Folge dieser gängigen Praxis? Die Folge ist: der Stau. Sollte tatsächlich die bereits jetzt enorm gesteigerte Lieferversorgung mit Gebrauchsgütern noch größere Ausmaße erreichen, so wird das zu einer weiteren Verstopfung der Straßen und überdies zu einer absolut unerträglichen Steigerung des CO_2-Ausstoßes führen. Dergestalt wären alle Einsparungen von Energie, für die die modernen Häuser stehen, wieder wettgemacht durch Abertausende von qualmenden Kleintransportern im innerstädtischen Stau.

Wenn also das Hightech-Haus in vollem Umfang ein Vorbild für modernes Wohnen sein soll, dann bedarf es einer spezifischen Erweiterung, an die mir bislang noch niemand gedacht zu haben scheint, und das, obwohl ihre Technik fertig und ausgereift seit über 150 Jahren zur Verfügung steht. Und ja, ich denke natürlich an die – Rohrpost!

Die Rohrpost ist eine jener Erfindungen des 19. Jahrhunderts, die aus Kurzsichtigkeit nicht weiterentwickelt beziehungsweise nicht weiter verbreitet, später dann sogar aufgegeben und vergessen wurden. Dabei funktioniert die Rohrpost nach einem sehr einfachen, sehr sicheren und äußerst energieeffizienten Verfahren. Ich scheue mich nicht, von einer grünen Technologie zu sprechen. Zwar hat sie sich nur in wenigen Bereichen bis heute erhalten, dort aber leistet sie ganz hervorragende Dienste. So werden im Rohrpostnetz der Berliner Charité täglich rund 3.500 Patientenproben, Röntgenbilder oder Analysematerialien zwischen den Stationen und den Labors schonend und schnell befördert. In einer der modernsten Rohrpost-Anlagen, der im Heidelberger Universitätsklinikum, sind 152 Stationen miteinander verbunden, und es werden täglich etwa 3.800 Sendungen transportiert. Und das habe ich mir keineswegs so ausgedacht, sondern nach Wikipedia zitiert.

Dagegen sind die großen öffentlichen Rohrpostsysteme, wie es sie zum Beispiel in Berlin mit einer Gesamtlänge von etwa 400 Kilometern und in Wien mit einer Länge von immerhin 82 Kilometern gab, bereits seit Jahrzehnten stillgelegt und abgebaut, was man ruhig als einen Akt städteplanerischer Blindheit bezeichnen kann. Zur Hochzeit der Rohrpost in den Dreißigerjahren wurden in Berlin etwa 8 Millionen Briefsendungen jährlich verschickt, das waren etwa 22.000 am Tag. Leider sind die Rohrpostanlagen einem blinden und naiven Vertrauen in die Überlegenheit anderer Transportsysteme zum Opfer gefallen. Dabei haben nicht etwa Telefon oder Internet der Rohrpost den Garaus gemacht, sondern schon viel früher menschliche Boten auf Motorrädern oder in Autos. Sprich, die Außerdienststellung der Rohrpost war zu ihrer Zeit bereits eine wissentlich begangene ökologische Todsünde.

Nun, heute sind wir zwar endlich klüger, allerdings ohne klüger zu handeln. Wir wissen, dass ein weiterer schrankenloser Autoverkehr einen Kollaps der Innenstädte, eine unzumutbare Belastung der Atmosphäre und schließlich einen Klimawandel mit all seinen unabsehbaren Folgen nach sich ziehen würde. Dennoch lassen wir es zu, dass sich der E-Commerce dramatisch intensiviert, was schon jetzt zu einer gewaltigen Steigerung auch und gerade des innerstädtischen Transportverkehrs geführt hat. Noch dulden wir dieses Phänomen, dabei warnen Stadt- und Verkehrsplaner bereits eindringlich. Schließlich sind unsere Straßen für den fließenden Verkehr gebaut, ein dauerndes Anhalten einzelner Fahrzeuge hat hier dieselbe fatale Wirkung, die ein Blutgerinnsel in den menschlichen Adern hat.

Und eben deshalb sind eine Wiederbelebung und ein Ausbau des Rohrpostsystems keineswegs der spinnerte Vorschlag eines unrealistisch denkenden Weltverbesserers, sondern im Gegenteil die einzig sinnvolle Lösung unseres letzten modernen Wohnproblems. Ich sage das in aller Deutlichkeit: Soll das Haus tatsächlich zukunftstauglich werden, muss es nicht nur digital, sondern auch analog vernetzt werden. Selbst das avancierteste der neuen Hightech-Häuser in meinem Viertel präsentiert so lange eine unter dem Strich negative Bilanz, wie nicht die Frage seiner analogen Vernetzung geklärt ist. Was nutzt es nämlich, wenn ein Haus seinen Bewohner so sehr mit technischem Komfort umschmeichelt und ihn so eng an die digitale Welt anschließt, dass er es gar nicht mehr verlassen mag, wenn zugleich ein Heer von motorisierten Boten für ihn in der analogen Welt unterwegs ist und dabei den Straßenverkehr zum Erliegen bringt, das Klima schädigt und die Natur belastet? Was nutzt es?

Ich sage: Gar nichts nutzt es. Kein bisschen bringt es uns voran. Stattdessen öffnet es bloß eine weitere Schere in der Gesellschaft, jetzt nämlich die Schere zwischen denen, die ihre Häuser und Wohnungen kaum mehr verlassen, und jenen, die in Tag- und Nachtschichten nur noch auf der Straße sind, um die anderen zu versorgen.

Vor einer solchen neuen Zwei-Klassen-Gesellschaft aber schützt uns einzig ein Wiederaufbau des Rohrpostsystems. Natürlich denke ich mir ein System mit etwas breiter gestalteten Röhren als damals. Schließlich soll es nicht nur Lebensmittel und andere kleinformatige Güter transportieren, sondern zum Beispiel auch technische Apparate und Ersatzteile, Baumaterialien und, in einem gewissen Umfang, sogar Möbel. Was speziell die Firma IKEA auf dem Gebiet der Zerlegbarkeit komplexer Teile leistet, ist vorbildlich und wird in Zeiten eines entwickelten neuen Rohrpostsystems standardbildend sein.

Ob nun jedes Haus an das Rohrpostsystem angeschlossen werden kann oder ob es zum Aufbau lokaler Verteilerzentren kommt, das wird wahrscheinlich von Fall zu Fall anders entschieden werden. Keineswegs aber sollten zentrale Entnahmestellen so weit von ihrer Klientel entfernt liegen, dass zusätzliches Verkehrsaufkommen zu befürchten stünde. Ich denke, es dürfte in Zukunft der Ausweis tatsächlich höchster Ausstattungsqualität eines Hauses sein, eine eigene Rohrpost-Entnahmestelle im Keller zu haben.

Und damit zu einem letzten Punkt. Ein zukünftiges Rohrpostsystem sollte unbedingt auch dafür ausgelegt sein, Menschen zu transportieren. Technisch dürfte das kein Problem sein; es müsste nur in sorgfältigen Tests genau erprobt werden, welche Geschwindigkeit Menschen bei einer solchen Art der Beförderung zugemutet werden kann. Ich möchte aber in diesem Zusammenhang auf die üblichen Fahrgeschäfte der Jahrmärkte hinweisen und überdies darauf, dass unter dem Broadway in New York bereits in den Jahren 1870 bis 1873 die *Beach Pneumatic Transit* verkehrte, eine U-Bahn, die auf Basis der Technik druckluftbetriebener Rohrpostanlagen einwandfrei und ohne Gefährdung der menschlichen Gesundheit funktionierte.

Und ohne jetzt solchen wissenschaftlichen Untersuchungen vorzugreifen, möchte ich doch Folgendes sagen: Einzig eine Menschenrohrpost würde den letzten Schritt zur Vollendung des modernen Hightech-Hauses tun. Denn nur so würde die gesellschaftliche Utopie realisiert, die diesem Haus zugrunde liegt und die letzten Endes darin besteht, das Leben im öffentlichen Raum so weit wie möglich zu reduzieren, um damit das Potenzial an Gefährdungen durch Unfall und Gewalt drastisch zu senken.

Ich sage das mit allem Nachdruck. Die Entwicklungen der letzten Jahre und die Ausblicke in die Zukunft zeigen uns, dass das Zusammenleben von Menschen, die sich in sozialer und ethnischer Herkunft, in politischen und religiösen Überzeugungen und Lebensweisen immer stärker voneinander unterscheiden, zunehmend schwieriger wird. Die modernen Hightech-Häuser und Wohnungen bieten hier mit ihrer Abkehr vom Leben außerhalb der eigenen vier Wände eine erkennbare Alternative zum gefährlich diversifizierten und damit gewaltaffinen öffentlichen Raum. Durch ein hochentwickeltes Rohrpostsystem aber, das schließlich auch Menschen transportieren kann, würde der öffentliche Raum nicht nur von einem auf Dauer unerträglichen Lieferverkehr entlastet, sondern auch von der Konfrontation inkompatibler Bevölkerungsgruppen. Die Straße wäre wieder frei, und das in jedem Sinne!

Und wenn Sie jetzt glauben, das alles, was ich hier gesagt habe, sei maßlos übertrieben und vermutlich auch gar nicht ernst gemeint, dann darf ich Ihnen abschließend mit dem berühmten Zitat des französischen Philosophen Blaise Pascal antworten, der bereits vor fast 400 Jahren festgestellt hatte: »Das ganze Unglück der Menschen rührt allein daher, dass sie nicht ruhig in einem Zimmer zu bleiben vermögen.«

1. Heimatkunde
oder: Wo und was ist eigentlich Heimat?
Erstmals 2015 als Kick-Off-Vortrag in Karlsruhe gehalten, anlässlich der Vorbereitungen zu den Heimattagen Baden-Württemberg 2017; später mehrmals überarbeitet; abgedruckt u. a. in *Westfälische Nachrichten*, *Zeitschrift des Westfälischen Heimatbundes* und *Frankfurter Allgemeine Zeitung*.

2. Mönchengladbach, Hindenburgstraße
oder: Ein Ort, so alt wie ich
Öffentlicher Vortrag auf der Hindenburgstraße in Mönchengladbach 2006 anlässlich des vorübergehenden Umzugs des Museums Abteiberg in das ehemalige Stadttheater, wiederholt beim Bundeskongress Nationale Stadtentwicklungspolitik in München 2008; abgedruckt in: Sonja Hnilica / Wolfgang Sonne (Hg.), *Auf den zweiten Blick. Architektur der Nachkriegszeit in Nordrhein-Westfalen*, Bielefeld 2010.

3. Vineta und ich
oder: Die Liebe zum alten Berlin
Festrede bei der Verleihung des Peter-Joseph-Lenné-Preises in Berlin 2009; abgedruckt in: Moritz Kienast (Hg.), *I Hate Berlin*, Köln 2011.

4. Bielefeld
oder: Versuch über das mittlere Maß
Rede anlässlich der Eröffnung der *Sehstation* in Bielefeld 2011; unveröffentlicht.

5. Geisterstädte
oder: Die Angst vor der Gegenwart
Vortrag bei einer Tagung des *Netzwerks Innenstadt NRW* im Jahr 2014 in Emsdetten; in der Tagungsdokumentation veröffentlicht.

6. Bodensätze
oder: Ein kurzer Versuch über den Grund
Vortrag bei einer vom Umweltministerium NRW veranstalteten Tagung von Bodenspezialisten verschiedener Fachrichtungen in Wuppertal 2005; unveröffentlicht.

7. Soziale Atome
oder: Die Gesellschaft des 21. Jahrhunderts
Vortrag bei der Frühjahrstagung der *Bundesvereinigung City- und Stadtmarketing Deutschland e. V.* in Koblenz 2011; unveröffentlicht.

8. Höfische Feste und demokratische Events
oder: Wie kann die Demokratie sich feiern?
Vortrag beim Regionaltreffen der Architekten von Rheinland-Pfalz in Koblenz 2011; unveröffentlicht.

9. Der kalte Grill
oder: Was kochen für Monaden?
Vortrag beim Bundeskongress Nationale Stadtentwicklungspolitik in Essen 2014; unveröffentlicht.

10. Leben im Denkmal
oder: Seelsorge für Schönheitssucher
Vortrag bei der Tagung der Arbeitsgemeinschaft *Historische Stadt- und Ortskerne in Nordrhein-Westfalen* in Krefeld 2013; abgedruckt in der Tagungsdokumentation.

11. Ruinenwert
oder: Was kommt nach neu?
Vortrag bei der Verleihung des Architekturpreises der Stadt Essen 2015; unveröffentlicht.

12. Smarthome analog vernetzt
oder: Ultimativer Vorschlag zur Lösung des letzten Problems modernen Wohnens
Improvisationsvortrag bei einer Weiterbildungsveranstaltung des Landschaftsverbandes Westfalen-Lippe (LWL) für Architekten in Münster 2014, später ausgearbeitet und mehrmals bei Kongressen vor Architekten und Stadtplanern gehalten, zuletzt in Chemnitz, Zwickau und Münster; abgedruckt in: Anke Tiggemann, *Architekturführer Münster / Münsterland*, Berlin 2017.

Die *Deutsche Nationalbibliothek* verzeichnet diese Publikation in der *Deutschen Nationalbibliografie;* detaillierte bibliografische Daten sind im Internet über *http://dnb.d-nb.de* abrufbar.

ISBN 978-3-86922-663-7

DOM publishers

Illustrationen
Natascha Meuser

Lektorat
Uta Keil

Gestaltung
Masako Tomokiyo

Druck
Drukmania s.c., Poznań
www.druk-mania.pl

Danksagung

Bund Deutscher Architekten
Münster-Münsterland BDA